헤르만 독서법

정우

신아출판사

시중에 독서의 중요성을 강조하는 책은 충분히 많습니다. 그러나 실질적으로 한 달에 한 권에서 두 권의 독서를 완성시켜주는 책은 없더군요. 이 책은 한 달에 적어도 두 권의 독서를 가능하게 해주는 독서법을 담았습니다.

책 읽기와 글 읽기는 언뜻 보기엔 같아 보여도 사실 참 다릅니다. 책을 읽지 않을지언정 글을 읽지 않고 사는 방법은 거의 없습니다. 책은 없어져도 글은 남기 때문입니다. 책은 가장 압축적으로 정리가 잘 된 글의 모음입니다. 그래서 책은 일목요연하고 일관적이죠. 그렇지 못한 책은 책이라고 할 수 없습니다.

이 책을 효과적으로 읽으려면 자의식을 먼저 내려 놓아야 합니다. 속는 셈 치고 딱 한 번만 읽어 보시는 것은 어떤가요? 이 책은 독자의 독서력에 따라 빠르면 하루만에 읽을 수 있습니다. 그러나 이 책을 내 것으로 만들려면 100일 정도는 필요합니다. 한 번의 방학기간 동안 하루 1시간 정도만 투자한다면 적어도 1년에 12권의 책을 읽을 수 있는 독서 능력을 만들 수 있습니다. 물론 이런 노력에도 불구하고 독서에 취미가 붙지 않을 수 있습니다. 그러나 책에 취미가 없어 읽지 않는 것과 읽기 능력이 떨어져 책을 수월하게 못 읽는 건 엄격하게 구분해야 합니다.

독서도 게임과 같습니다. '읽기'라는 기본 조작법을 먼저 익힌 후 독서를 취미로 삼을지 말지 고민해야 합니다. 1년에 12권 읽을 수 있는 읽기 능력이 생긴다면 흥미롭게 느껴지는 책을 쉽게 지나치지 못할 겁니다. 단지 이 정도 노력 만으로도 사회가 요구하는 지적 능력이 많이 상승할 것이고 칼부림 사태와 같은 일종의 반지성주의적 태도를 견제하는 데 도움이 될 것입니다.

이 책은 독서를 해야 하는 전반적인 이유, 실전 독서법, 글쓰기와 말하기, 그리고 독서에 대한 저의 견해들을 담았습니다. 한 번쯤 들어봤을 내용을 조금 정리 한 수준이지만 지금보다 조금 더 독서를 잘 해보고 싶은 사람에게 분명히 도움이 될 겁니다.

미리 일러두지만, 이 책을 절대 정독하지 말고 최대한 빠르게 대충 읽었으면 합니다. 그러라고 만든 책이기 때문이죠. 만일 다시 한번 정독하고 싶은 마음이 들었다면 (정말 영광이겠지만)그때 가서 정독을 고려해 보시길 바랍니다.

제가 교육자도 학자도 아니다 보니 학구적이고 과학적인 정보를 많이 담지 못했고 출처도 빈약합니다. 그저 한 사람의 독서에 대한 열정이 담긴 명상록 정도로 봐주시면 좋겠습니다. 그러나 너무 염려하지 마세요. 허황되고, 어렵고, 믿지 못할 독서법 같은 것은 애초에 담지도 않았습니다. 적어도 이 글의 한 문장쯤은 여러분의 독서력 발전에 도움이 될 만한 정보가 담겨 있을 것이라고 확신합니다.

헤르만의 서재는 노벨 문학상 수상자이며 정열적인 장서가로 알려진 헤르만 헤세의 서재에 있을 법한 책들을 함께 읽고 토론하고자 만들어진 독서 모임입니다. '헤르만 독서법'은 헤르만의 서재에서 6년간 시행착오를 거쳐 가며 완성된 초보 독서인들을 위한 기초 독서법입니다. 모임에 참여한 분들 중 저의 충고를 받아들이고 꾸준히 참여한 분 중 다수가 책 없이 살 수 없는 사람이 되었고, 한 달에 두 권은 읽을 수 있게 되었습니다. 말 한마디 못 하고 구석에서 수줍어하던 분이 어느새 모임을 주도해 나가기도 하고, 누군가는 시와 소설을 쓰기 시작했습니다. 여러분도 이 책을 읽고 이 중 몇 가지라도 따라 한다면 충분히 좋은 성과를 얻게 될 겁니다.

| 목차 |

PART 2

실전 독서 근육 만들기

PART 1

독서의 이유

이 장에선 독서가 어려운 이유와 그럼에도 독서를 해야 하는 이유에 관해 이야기합니다. 시중에는 많은 독서법이 있지만 무엇인가 거창하다는 인상을 많이 받습니다. 큰맘 먹어야 할 것 같고, 그럼에도 독서가 빨라질 것 같지도 않습니다. 책을 왜 빨리 읽는 방법을 익혀야 하는지도 모르겠습니다. 그래서 쉽게 손이 안 갑니다.

독서는 어렵지만 독서법을 몇 개 익히는 것은 어렵지 않습니다. 평생에 딱 한 번, 딱 한 달 정도만 투자하면 적어도 지금보다 두 배는 빠르게 독서할 수 있습니다. 한번 해볼 만하다는 거죠. 일상에서 왜 독서를 해야 하는지, 왜 독서가 쉽지 않은지를 조금 더 다정하게 알려주면 어떨까 하는 마음에서 준비했습니다.

독서량이 떨어지는 이유

    문화체육관광부에서는 매해 국민 독서 실태를 조사합니다. 2021년 통계 자료를 살펴보면 대한민국 독서 인구는 47.5%라고 합니다. 대한민국 국민 평균 독서량이 4.5권이라는 다소 충격적인 결과가 나왔습니다. 왜냐하면 1년에 단 한 권도 읽지 않는 성인이 10명 중 3명이 넘기 때문입니다. 독서량은 2013년부터 꾸준히 하락하고 있으며 여기에는 스마트폰 보급률과 OTT, 유튜브의 대중화도 크게 관여했습니다. 대중의 관심이 책에서 스마트폰으로 옮겨 간 게 확실해 보입니다.

    출·퇴근 시간, 주말 시간을 활용했던 독서 시간이 스마트폰 이용으로 대체 되었다고 볼 수 있는데 특히 SNS 사용 시간이 많이 증가했다고 합니다. 텍스트 소비량보다 영상, 사진 소비량이 증가한 셈입니다. 당연한 결과일까요. 자투리 시간을 활용해 자기 계발을 하는 사람이 얼마나 될까요. 물론 공부보다 재미를 추구하는 것은 인간의 본성입니다.

그럼에도 책이 유익하다는 건 모두가 아는 사실입니다. 그렇다면 사람들은 왜 책을 멀리하게 되었을까요? 그 이유는 사실 참 단순합니다. 책이 재미없기 때문입니다. 책이 재미 없어서 읽지 않는다는 기사나 조사를 보고 있자니 흥미롭기도 하고 이상하기도 합니다. 솔직히 우습기까지 합니다. 왜냐고요? 책은 원래부터 재미없기 때문입니다. 재미있으라고 만든 게 아니기 때문에 책에 재미를 붙이라는 것은 즐겁게 일하라는 말과 같습니다. 물론 재미를 목적으로 만든 책도 있지만 책의 가장 중요한 역할이 재미가 아닌 것은 사실입니다.

사람은 즐거움을 추구하는 존재라고 합니다. 놀이 하는 인간이란 뜻의 '호모 루덴스'라는 생물학적 분류도 있죠. 재미를 추구하는 호모 루덴스인 우리가 재미없는 책을 재미가 없다는 이유로 보지 않는다는 말에 저는 실소를 머금었습니다. 누군가는 《종의 기원》을 읽고 황홀경에 빠질 수도 있고, 또 누군가는 《공산당 선언》을 완독하고 공산주의와 자본주의에 관한 근현대사와 이데올로기에 흠뻑 빠질 수도 있죠. 역사 도서를 읽고 '역사 덕후'가 될 수도 있습니다. 이렇게 지적 호기심이 가득한 사람들이 많고 세상은 이런 사람들에 의해니다. 시험을 잘 치르면 우리가 원하는 결과를 얻을 수 있기 때문이기도 하지만, 이 시기에는 자연스럽게 공부하는 분위기가 만들어 지기 때문에 어지간히 공부하지 않는 몇몇을 제외하면 공부하는 척이라도 하지요. 자격증, 대입, 취직 같은 요소는 공부를 통해 좋은 성적을 거두면 거머쥘 수 있는 확실한 트로피입니다. 그래서일까요? 최근 가장 잘 먹히는 독서 권유 멘트는 다름 아닌 "부자들은 독서를 많이 한다."라는 겁니다. 많은 자기계발서에서 빠지지 않고 등장하는 내용이 바로 부자들의 습관에 관한 내용인데 그중 부자들의 독서 습관에 대해서는 거의 빠지지 않고 한 꼭지를 차지합니다. 빌 게이츠, 일론 머스크, 오프라 윈프리 등 다수의 '글로벌 웰시 Global Wealthy (저는 리치보다 웰시라는 말을 선호합니다.)' 들 대부분 독서애호가로 알려져 있습니다. 세계적인 대부호 빌 게이츠는 1년에 50권 이상 읽는다고 알려져 있죠. 따라서 "부자가 되기 위해서라면 독서는 반드시 해야 한다."라는 말은 부자가 되기 위한 필수 규칙처럼 여겨지기도 합니다. 이와 같은 내용에 자극을 받은 사람들, 적어도 부자가 되고 싶은 사람들은 이런 이유로 독서를 시작합니다. 부자가 되고 싶은 마음은 아주 강력한 독서 동기가 되는 셈입니다.

요즘엔 부자가 되고 싶은 사람보다는 경제적 자유를 얻을 수 있는 정도, 혹은 '지금 당장의 순간이 내 삶에서 가장 중요하다.'는 기조도 강해서 부에 대한 갈망이 없는 사람들이 늘어나고 있습니다. 아주 강력한 독서 유발 동기였던 '부자 마케팅'이 먹히지 않게 되었죠. 이런 부류의 사람들에게 독서를 장려하려면 더욱 다채로운 지적 호기심과 이를 통한 성장, 확장성, 가능성을 자극하여 삶 그 자체의 만족감을 찾는 방법 말고는 없을 것 같습니다.

이런 사람들에게 "독서 해야 성공한다."는 말은 "하느님 믿어야 천국 간다."라는 길거리 전도 만큼 공허할지도 모르겠습니다. 독서를 통해야만 부의 길이 열리고 성공의 길이 열리고 지적 성장을 통해 무한한 가능성이 확장될 것만 같지만 삶이 따분한 이들에게 무슨 소용일까요. 기독교 교리에 따르면 "오직 주님을 통해야만 천국에 이를 수 있다."라고 합니다. 하느님 믿고 천국 가는 것과 독서 해야 원하는 바를 이룰 수 있다는 논리는 제법 닮은 구석이 있습니다. 책 읽고 부자가 되었다는 이들의 간증이 사기 치는 것처럼 느껴지듯, 천국의 존재는 증명할 방법이 없습니다. 부자들이 독서를 한건지, 독서를 해서 부자가 된 건지 그 순서를 증명할 수 없듯이 말이죠. 인과관계가 보이지 않습니다. 종교를 강요할 수 없듯 독서도 강요할 수 없습니다. 그저 보여 줄 수 있을 뿐입니다. 그게 얼마나 행복하고 즐거운 일인지 말이죠.

그러나 저는 이런 상황이 오히려 좋다고 생각합니다. 기회처럼 여겨집니다. 자본은 한정되어 있고 부자의 자리도 한정되어 있습니다. 독서하는 사람이 많지 않다는 건 적어도 독서를 통해 인사이트를 얻고 부자가 되고 싶은 이들에게는 기회입니다. 만일 우리 주변에 나보다 잘 나가는 사람이 독서까지 열심히 한다고 생각해 보세요. 쫓아가는 입장에서는 얼마나 버거울까요. 따라서 독서 인구가 줄고 있다는 것은 내 경쟁자가 줄어들고 있다는 것과 같습니다. 이미 잘나가는 친구, 심지어 독서하는 지인을 이기려고 하지 마세요. 우선은 독서하지 않고, 그래서 고만고만한 사람들만 먼저 이겨내도 충분히 좋은 성과를 얻을 수 있습니다. 책을 통해 정보를 얻고 그걸 익혀서 습관화시킬 수 있다면 경쟁력이 생깁니다. 책에서 얻은 고급 정보를 체화시키지 못해도 그렇게 노력할 만한 무언가를 알고 있는 것만으로도 상당한 우위를 점하게 됩니다. 대학은 아무나 나올 수 있지만 독서는 아무나 할 수 없습니다. 여러분은 그 특별한 세계에 발을 딛기로 작정한 것입니다. 환영합니다. 당신은 저의 경쟁자가 되었습니다.

평범한 사람들에게 독서하라는 말은 어떻게 해석될까요? 어떻게 느껴지고 어떻게 받아들일까요? '독서는 지루하다? 혹은 어렵다? 졸리다? 그것도 아니라면 지긋지긋하다?' 같은 감정을 느끼지 않을까요? 이유 없이 그냥 하기 싫고, 독서 해봤자 어디 써먹을 데는 있을까 하는 생각이 들 것 같지 않나요? 독서가 분명 좋긴 할 텐데 손이 잘 안 가고 자꾸 미루게 되지 않던가요? 적어도 저는 그랬습니다. 이 글을 쓰는 내내 독서 하는 법에 대해 이야기하고 있지만 그런 저에게도 독서는 여전히 어렵습니다. 숙제 같고 과제 같습니다. 좋은 걸 아는 데도 그래요. 영양제는 까먹기 일쑤고 기껏 등록한 헬스클럽도 초반에만 나갈 뿐이죠. 야식은 비만의 지름길이지만 저녁만 되면 그 사실을 망각하게 됩니다. 이와 같은 현상처럼 독서도 하기 싫은 게 당연합니다. 일찍 자기, 금연, 운동, 다이어트와 마찬가지로 독서 또한 사람의 본능을 거스르는 행동이죠.

독서하라는 말은 공부하라는 말과 동의어이기도 합니다. 학생들에게는 독서하라는 말보다 공부하라는 말이 보다 자연스럽기 때문에 학생들에겐 독서하라는 말 대신 공부하라고 말하는 것이고, 사회인에게는 공부라는 표현 대신 독서하라고 말하는 것뿐입니다. 중고등학교를 거쳐 대학교까지 졸업한 성인에게 "공부 좀 해."라는 말은 너무 직설적입니다. 따라서 성공을 위해서, 성장을 위해서 독서 하라고 에둘러 말합니다. 의도했든 의도하지 않았든 결국 독서하라는 말은 "지식을 쌓아."라는 말과 같습니다. 우리가 독서에 대해 공포심을 느끼는 이유는 이처럼 공부가 독서와 같기 때문입니다. 즉, 독서가 싫은 게 아니고 학창 시절을 떠올리게 하는 공부가 하기 싫었던 것은 아닐까요.

학창 시절 공부가 싫은 이유는 입시에 기반한 주입식 교육 때문입니다. 많은 학생들이 명문대학교 진학을 목표로 '입시 준비'를 합니다. 그래서 좋은 학군에 들어가려는 것이고, 비싼 입시 학원을 등록하고 고액의 개인과외를 받습니다. 학교는 배움의 공간이 아닌, 입시의 공간이 되어 버렸습니다. 말이 좋아 학교지 학교는 입시를 위한 공간 그 이상도 이하도 아니게 되어버린 것이 지금의 공교육 현장입니다. 한국의 학생들에게는 '공부 = 입시' 라는 개념이 각인 되어 있습니다. 그래서 수능시험이 끝나고 입시에서 탈출하면 공부도 같이 손을 놓게 됩니다. 공부만 손 놓으면 좋으련만 글씨와 관련된 거의 모든 것에 손을 놓게 됩니다. 독서도 예외가 없죠. 이 시기부터 자유롭게 놀 수 있는 합법적인 권리가 마련된 기분이 듭니다. 입시에서 벗어난 기분을 마치 자유를 얻은 것처럼 느낀다는 거죠. 그런 이들에게 독서 하라는 말은 파티장에 찬물을 끼얹는 것과 같습니다. 이제 좀 놀아 보려고 하는데 또다시 공부하라니 어림도 없죠. 대다수 학생들이 그나마 들고 있던 책을 내려놓고 20대를 맞이하게 됩니다.

그렇게 20대 초반을 보내게 됩니다. 그러다 어느 정도의 시간이 흐르고 나면 슬그머니 하나둘씩 불안함을 감지하기 시작합니다. 이대론 안 된다는 생각이 스멀스멀 올라옵니다. 이대로 계속 있다간 내 인생 망하겠다는 느낌이 엄습해 옵니다. 다행인지 불행인지 SNS의 영향도 있습니다. 유튜브 영상을 통해서, 쇼츠와 릴스를 통해서 혹은 인스타그램 피드를 통해서 아직 젊은데 뭔가를 이룬 인플루언서들을 보며 어딘가 싸한 느낌을 받습니다. 같은 20대인데 이미 건물주이거나 사업을 하는 모습을 보면 사기 같으면서도 이미 인스타 팔로워가 2만, 3만이 넘어 영향력이 느껴집니다. 20대 건물주도 '수저 여부'를 떠나 노력하면 가능할 것으로 보입니다. 그제야 뭔가 해야겠다는 느낌이 들기 시작합니다. 이런 감정은 빠르면 20대 초반 느리면 30대, 40대에 오기도 합니다. 그리고 이런 감정을 유발하는 자칭 성공자라고 주장하는 이들의 공통적인 메시지를 발견하게 됩니다. 바로 '독서의 힘' 입니다. 그들이 진짜 성공했든 하지 않았든, 혹은 성공이 독서 덕분인지 그 사실 여부는 확인할 길이 없지만 그들의 주장을 통해 독서에 대한 열망을 유발했다면 긍정적이라고 생각합니다. 그들이 사기꾼인지 아닌지는 이 계기를 통해 독서를 하다보면 구분할 수 있기 때문입니다. 물론 단점도 있습니다. 나에게 자극을 준 사람의 책만 읽으면 오히려 사기당할 가능성도 있다는 사실이죠. 그러므로 다양한 책을 읽을 수 있는 독서력을 키워야 합니다.

현재 많은 동기부여 자극제들이 하나 같이 입을 모아 독서와 글쓰기를 해야 한다고 강조합니다. 그래서 일단 따라 해보려고 책을 사긴 샀는데 글쎄 그게 잘 안 됩니다. 책만 읽으면 눈이 슬슬 감깁니다. 진도도 잘 안 나가고 무슨 말인지도 모르겠죠. 나에겐 조금 어려운 책이거나 재미없는 책이라고 책 탓을 하게 됩니다. 겨우 끝까지 읽긴 읽었는데 뭘 읽었는지도 잘 모르겠고, 그렇다고 한 번 더 읽자니 부담스럽습니다. 그리고 '이게 맞나? 이렇게 독서한다고 뭐가 달라질까?, 부자가 될 수 있을까?' 하는 의심이 생기기 시작합니다. 저자의 말이 뜬구름 잡는 말 같기도 하고 내 생각, 의견과는 맞지 않기도 합니다. 그때부터 책을 의심하기 시작합니다. "책은 지루해. 책은 뻔해. 책 읽어도 부자가 되진 않아. 이 책은 정답이 아닐 수 있어. 이상해. 나랑 맞지 않아. 내 취향의 책을 찾겠어." 같은 말로 자의식을 단단히 무장하고 자신의 부족한 독서력과 편협함, 부족한 지식을 변호하기 시작합니다. 이렇게 되면 책과는 영영 이별하게 됩니다. 나와 같은 주장, 같은 생각을 하는 책도 좋지만 나와 반대 성향의 책도 읽어야 객관성을 갖출 수 있고 이러한 객관성이 확보되어야 질적 성장을 기대할 수 있는데 독서 초보들은 자신과 같은 편을 찾으려는 경향이 있습니다.

만일 학교에서 입시가 아닌 배움을 가르쳤다면 그리고 독서를 효율적으로 하는 방법을 알려주었다면 그래서 우리가 다양한 책을 일찍부터 읽게 되었다면, 더 나아가 우리가 배움의 즐거움을 알고 언제 어디서나 책을 가까이했다면 어땠을까요. 그렇게 적어도 지금보다 덜 부조리하고, 더 대화하고, 더 경청했다면 어땠을까요.

이게 제가 독서법에 대해 길게 이야기하고 추천하는 이유입니다. 독서하는 방법을 알아야 합니다. 독서는 쉽지 않은 것이며 그래서 독한 마음을 먹어야 하는 거라는 사실을 직시

해야 합니다. 독서는 전략을 세우고 계획을 짜야 한다는 사실을 바라봐야 합니다. 저자의 주장이 나와 달라도 일단 듣고 비교하는 마음으로 끝까지 읽어 보는 것의 중요함, 지금 자신이 가진 자의식이라는 갑옷은 사실 오해와 의심, 불신과 정보의 비대칭이 만들어낸 허울뿐인 가짜 갑옷에 불과 하다는 것을 깨달아야 합니다. 자신의 의견 혹은 주장, 사실이라고 믿는 것들이 사실은 출처도 근거도 없는 거짓 정보에 불과하다는 것을 알기 위해서 말입니다.

독서한다고 누구나 성공하고 부자가 되는 것은 아닙니다. 그리고 모든 부자가 독서하는 것도 아닙니다. 그러나 독서는 실력을 향상시키는 가장 빠르고 가성비 있는 수단임에는 변함이 없습니다. 일 그 자체에 대한 숙련도는 현장 실습이 가장 좋겠지만 현장 실습에 보다 빠르게 적용할 수 있게 해주는 것도, 현장에서 잘 풀리지 않는 숙제를 해결할 방법도 글에 있습니다. 부자들이 어떤 태도를 가지는지 어떤 루틴을 가졌는지도 그들의 글을 통해 알 수 있습니다. 독서력이 상승하면 글이나 영상을 더 빠르고 쉽게 이해할 수 있게 만들어 줄 수 있습니다. 어렵고 철학적인 영화에서 인사이트를 얻을 수 있고, 내가 전혀 모르는 이야기도 흥미를 불러일으키게 독려해 줍니다. 왜냐하면 독서는 공부이기 때문입니다. 사실 독서를 좋아하는 사람은 공부가 좋은 사람들이고 여전히 지적 호기심을 지닌 사람들입니다. 지식을 얻는 것이 즐거운 이들입니다. 《종의 기원》을 읽고 생물의 유전학적 성질의 발견 과정을 알아 가는 것은 원시인이 불을 발견한 것과 비교해도 손색없을 정도입니다.

"모른다는 사실조차 모르는 것이 진짜 모르는 것이다."라고 합니다. 독서는 내가 무엇을 모르는지에 대해 알려주는 적극적인 행동입니다. 독서는 우리가 몰랐다는 사실을 자각시켜 주는데 이 자각이 우리 삶에 매우 긍정적인 영향을 미칩니다. 여러분들도 살면서 "왜 이걸 이제야 알았을까.", "진작 좀 알려줬으면 얼마나 좋아." 같은 책망을 해본 적이 있을 것입니다. '모른다.'라는 개념은 '내가 모르는 것을 안다.'는 것을 의미합니다. 소크라테스는 "너 자신을 알라." 라고 말했다고 합니다. 그에 대한 진위 여부를 뒤로 하더라도 이 말 자체는 앞서 언급한 모른다는 사실을 안다는 것과 일맥상통합니다. 표현이야 어찌 되었든 기원전 책도 거의 없던 시대에 오직 생각으로만 철학을 하던 이들의 지적 능력을 대변하는 개념이라고 할 수 있죠. 그것이 소크라테스가 오늘날까지 기억되고 있는 이유라 하겠습니다.

독서는 나의 무지함을 알게 하고 더 나아가 그 무지함을 해소하게 만드는 힘을 가지고 있습니다. 경청하게 하고, 겸손하게 하고, 지식 함양 및 교양을 갖춰 고양된 태도를 만들어 주는 것이 바로 독서입니다. 그래서 어떤 이들은 독서하는 자신의 모습 그 자체를 멋있어하고 대견해 하기도 합니다. 우리, 독서 아니, 같이 공부해 봅시다. 조금씩 해보는 겁니다. 세상의 수많은 독서법 중 내게 맞는 방법을 찾아보고 내게 맞지 않는 책도 용기 내어 읽어 봅시다. 서점에 한번 나가보세요. 어쩌면 불만스러운 지금 나의 삶을 180도 다른 길로 이끌어줄 책 한 권을 찾을 수 있을지도 모릅니다. 그런 운명의 책을 찾기 위해 밥 한 끼 먹는 것보다 아주 조금 더 노력해 보는 정도는 할 수 있죠?

저도 잘 압니다. 공부 하겠다는 마음 먹는 것이 얼마나 어려운지를. 독서하라는 말에서 우리가 입시 때 느꼈던 공포가 그대로 전달 된다는 것을요. 그렇지만 입시 때 느꼈던 공부의 부담감을 덜어내고 독서라는 의식에 참여하게 된다면 독서는 여러분에게 생각보다 더 많은 것을 줄 수 있습니다. 지적인 자극, 성공을 향한 방향성, 내적 즐거움 그리고 무엇보다 당신의 무한한 가능성을 말이죠.

인간은 원래 편협하다

    2018년 처음 독서 모임에 참여했습니다. '소모임' 이라는 앱을 통해 찾게 되었죠. 3개월 정도 되는 신생 독서 모임이었지만 제가 처음 참여했던 날엔 참가자가 무려 15명이나 되었습니다. 그 때문에 모임 장소였던 소형 카페가 독서 모임원으로 가득했죠. 잘 모르는 사람들과 지정 도서라는 공통된 주제로 서로 다른 이야기를 하는 것은 정말 신선한 경험이었습니다. 저와 다른 생각들을 직접적 듣다보니, 저의 의견이 소수 의견일 수 있다는 사실을 깨닫고 충격을 받았습니다. 일반화의 오류였죠. 제 의견이 다수의 의견에 부합하며, 따라서 모두가 제 말에 공감하고 지지해 줄 것이라 여겼습니다. 그러나 기대와는 달리 반대 의견은 언제나 있었습니다. 심지어 그 반대 의견이 더 많은 이들의 공감을 끌어내기도 했습니다. 실제로 저와 생각이 상반되는 분도 있지만, 대체로 제 의견을 제대로 이해하지 못했거나 (대부분은 제가 제대로 전달하지 못했지만) 자신만의 특별한 의견이 없는 분들이 더 많았고, 어디서 가르친 것도 아닌데 본능적인 반대를 하는 분들도 있었습니다. 별생각 없다가 제 말을 듣고 거부감을 느껴 반대 진영에 선 경우도 있었죠. 세상은 정말 다양한 의견들로 이루어져 있다는 걸 다시금 깨달았습니다.

그런 독서모임이 제겐 '아브락사스'였습니다. 알 속에 있던 제가 알을 깨고 세상에 나오게 만든 계기가 된 것이죠. 상대가 제 말에 귀 기울이지 않는 이유는 저의 메시지가 공감이 안 되고 정보도 없고 재미도, 흥미도 없었기 때문입니다. 상대의 흥미를 유발하지 못한 화자의 잘못이지 상대방의 듣는 태도가 나쁘기 때문은 아닙니다. 막상 본인도 자기 말만하지 상대방의 이야기는 듣지 않잖아요? 불통의 시작입니다. 내 블로그가, 내 유튜브 채널이, 내 인스타그램이 인기가 없다면 이유는 보통 두 가지입니다. 실력이 있지만 아직 알고리즘에 반영되지 않은 것과 실력이 없는 것. 물론 대부분은 실력이 없는 것이고 본인만 그 사실을 모를 뿐이죠. 편협의 시작입니다.

최근 저는 제 생각을 무대 위에 올리려고 노력합니다. 그 무대는 독서 모임의 토론장일 수도 있고, 블로그일 수도 있고, 유튜브일 때도 있습니다. 이렇게 매일 주장하게 되면 제 생각의 질이 떨어질 수 있겠다고 염려할 수 있습니다. 그러나 현재의 견해는 지금까지 해왔던 생각들을 바꾸고 보강하고 때로는 180도 다르게 시도한 것의 총합입니다. 그렇게 다양한 시도는 실력을 향상 시키고, 주장을 견고하게 만듭니다. 올라간 실력만큼 세련된 메시지를 세상에 내놓고 있습니다. 고객 혹은 손님, 구독자, 시청자 등의 유의미한 유입이 있었다면 그래서 시청 시간이 올라가거나 댓글이 달리기 시작한다면, 그것은 바로 실력이 늘었다는 신호입니다. 그래서 가판대 혹은 무대에 내 견해를 올리고 반성하고 바꾸고 또 올리는 노력을 해야 합니다. 편협함이 점점 다듬어지는 중입니다.

독서 모임은 나의 편협함을 없애줄 가장 효과적인 무대 입니다. 심지어 접근하기도 좋습니다. 저처럼 스마트폰 앱 하나만 있어도 무료로 참여가 가능하죠. 작가 자청도 자신의 책《역행자》에서 주말을 이용해서 세미나, 포럼에 자주 나갈 것을 추천합니다. 세미나 및 포럼이라고 하면 뭔가 거창해 보이지만 하나의 주제로 사람들이 모여 자신의 의견을 발표하고 주고받는 총체라고 보면 좋습니다. 독서 모임은 아주 대표적인 세미나라고 볼 수 있죠.

이런 독서 모임은 모임마다 그 성격이 다르기에 그것을 잘 구분할 수 있어야 합니다. 자유 도서 모임은 가벼운 마음으로 하는 자율 학습과 같습니다. 반대로 지정 도서 모임은 그

룸 레슨입니다. 과외 선생님의 지도 아래 한 과목씩 집요하게 파헤치듯 진행됩니다. 학교에서 친구를 사귀듯 독서 모임을 통해 사회인도 얼마든지 친구를 만들 수 있습니다. 심지어 학창 시절보다 더 자유롭습니다. 독서 모임이 진화를 거듭하면 노인 대학처럼 성인 대학의 역할도 가능할 겁니다.

작가 자청의 주장대로 저 또한 성장을 위해서 먼저 '자의식'을 해체하는게 선행되어야 한다고 봅니다. 상대방의 태도가 불량한 게 아니라 내 실력이 모자라고, 내 주장이 세련되지 못하다고 인정하는 태도가 성장에 매우 중요하기 때문이죠. 자의식 해체는 별거 없습니다. 내가 옳다는 태도를 버리기만 하면 됩니다. 아인슈타인도 평생 양자역학 분야의 이론을 부정했지만 지금 세상의 모든 편의는 양자역학에서 비롯됩니다. 위대한 아인슈타인조차 틀릴 때가 있는데 우리야 오죽할까요. 우리 삶에 전혀 도움이 안 되는 자의식, 즉 자존심을 내려놓으면 그때부터 세상 모든 게 새로운 것, 배울 것으로 보이기 시작합니다. 동네 카페 점원의 불량한 태도도 훌륭한 '책'이 될 수 있습니다. 종이에 적힌 글자들을 모아 '책'이라는 명사가 붙은 '읽을 것'이 되었을 뿐 사실 세상 모든 것이 '읽을 거리'입니다. 책을 읽는 독서가 중요한 게 아니고 사실은 '읽기' 그 자체가 핵심입니다. 상대방의 의중을 파악하는 것은 '마음을 읽는 것'이라 하며, 운전 중 지름길을 찾아내는 것도 '교통의 흐름을 읽는 것'이라고 합니다. 세상 모든 것은 읽을거리인데 그중에 가장 가성비 있고, 방대하며, 쉽게 접근할 수 있는 게 바로 '책'이기 때문에 '독서'를 추천하는 겁니다.

쉬운 걸 먼저 읽고 기준이 생겨야 그다음 어려운 걸 읽을 수 있습니다. 실력이 있다는 것은 어려운 것을 빠르게 읽을 수 있다는 것이고 읽는 차원을 넘어 다른 시각으로도 읽고 해석할 수 있는 능력을 뜻합니다. 책 한 권도 제대로 못 읽으면서 세상을 읽을 수는 없습니다. 물론 예외도 있습니다만 상위 1%의 천부적인 재능을 가지고 있다 할지라도 그 재능만으론 평생 갈 수 없습니다. 그들도 부족함을 체감할 수밖에 없고 결국 책으로 돌아오게 됩니다. 그런 그들에게는 책 읽으라는 말을 할 필요도 없습니다. 알아서 볼 겁니다.

교과서 한 번 읽었다고 시험을 잘 치를 수 없듯 독서도 그렇습니다. 다시 읽고 메모하고 요약하고 발표해야 내 지식이 됩니다. 공부 자체를 좋아하는 사람은 그리 많지 않습니다. 공부하고 난 이후에 오는 고양감이 좋은 것이죠. 지금 이대로가 좋다는 사람은 독서의 이유를 알기 힘들 것입니다. 독서 자체가 즐거운 사람은 그리 많지 않고, 독서가 취미인 사람도 대부분 거짓말일 것으로 생각합니다. 취미라고 여기는 것과 진짜 취미는 다릅니다. 앞서 일렀지만 책을 읽는 게 중요한 게 아니고 '읽기' 그 자체가 중요합니다. 모든 세미나를 통틀어 가장 접근하기 쉽고 가성비 있는 게 독서 모임입니다. 참여만 한다면 내가 얼마나 말을 못 하고, 재미없는 사람인지 알게 됩니다. 내가 다수가 아니라 소수일 수도 있다는 걸 알게 되고요. 반대로 '인싸'의 재능을 발견하기도 합니다. 이 즐거움의 시작은 자의식을 인정하고, 편협함을 인정하고 그것을 해체하겠다는 마음을 먹는 것에서부터입니다.

이라고 여길 정도로 쉽게 포기하게 됩니다. 그렇기 때문에 기본적인 내용은 일부러 자주 반복해 주면 좋습니다. 깊이 있는 수학을 알려주는 것도 좋지만 '우리가 왜 수학을 해야 하는지.', '수학이 우리 삶에 어떤 의미가 있는지' 알게 하는 노력 또한 필요합니다. 그러나 역사조차 세계사가 아닌 국사부터 가르치는 한국에선 갈 길이 멀어 보입니다. 지구 역사상 가장 보편적이지 않은 역사를 지닌 한반도의 역사를 기준으로 삼으면 전 세계가 이상하게 보이기 마련입니다. 따라서 세계사를 먼저 공부하고 나면 한반도 역사가 얼마나 독특한지 쉽게 알게 됩니다. 우리가 일명 '국뽕'에 취약한 이유도 이 때문이 아닐까요? 어떤 걸 먼저 공부하는지에 따라서도 보는 눈이 달라질 수 있습니다.

해야 하는 이유를 알려주지 않고 12년 동안 성실하게 학업에 임하게 하는 건 정말 순종적이고 인내심 강한 아이가 아니고서는 어렵습니다. 사실상 불가능하죠. 교과목 중심으로 단지 시험 성적을 잘 받기 위한 공부용 독서는 편협한 독서법을 만들기에 충분합니다. 요즘 공부 잘하는 친구들은 청소년 필독서 100권 정도는 이미 다 읽고 논술까지 준비합니다. 웬만한 독서가들보다 더 심도 깊게 들어가는 친구들도 많습니다. 그러나 모든 아이들이 이처럼 독서할 수 없고 제도적 요건도, 장치도 충분하지 않습니다. 자기 주도 학습이라고 하죠? 저는 이 학습의 중심에 독서 제대로 하기가 꼭 필요하다고 생각합니다. 그렇기에 제가 강조하는 독서법이 더욱 절실합니다. 인정할 건 인정하고 할 수 있는 만큼 해두어야 합니다.

이번 코로나-19 사태로 전 세계인들이 경악하게 된 사실 중 하나는 그 대단한 미국인들 중 상당수가 생각 이상으로 무지하다는 사실입니다. 한국 사회가 점점 더 반지성주의적으로 흐르는 것은 독서량이 줄어든 것과 결코 무관하지 않습니다. 현재의 한국 고등학교는 입시만 목표로 한다는 관점으로 보자면 사실 다녀야 할 이유가 없다는 뉴스를 접했습니다. 입시만 두고 비교하면 학교보다 학원이 더 우수하기 때문이죠.

학교란 보다 창의적이고 다양한 클래스가 가득한 커뮤니티가 되어야 하고 그 중심엔 독서 모임이 있어야 합니다. 교과목을 아무리 가르쳐도 누군가에겐 소귀에 경 읽기죠. 독서법만이라도 제대로 익히게 된다면 언젠가 그 사람에게 필요할 때 독서를 통해 부족한 부분을 메꾸게 될 겁니다. 독서법은 걸음마와 같습니다. 자유 독서, 지정 도서, 글쓰기, 체육, 현장 학습(전시회, 미식, 여행) 등 이제는 개인 스스로 참여할 수 있는 모임이 많이 있습니다. 그러나 이를 더욱 체계적으로 이끌어줄 시스템과 자본, 정보는 부족한 실정입니다. 교양이란 책에서 얻는 문자적 정보에 더해 현장에서의 경험이 두루 쌓여야 합니다. 한편 정규 교육에서 인간 사회에 필요한 교양 학습을 제공하는지도 의문입니다. 제가 놓치고 있는 걸까요? 저에게는 학교가 입시 보조원으로 보입니다. 서양 영화에서 지식인들이 낮에는 독서와 글쓰기, 사유에 빠졌다가 저녁이면 카페와 살롱에 모여 음료를 마시며 토론하는 풍경을 볼 수 있습니다. 그리고 이런 연출은 지금도 얼마든지 가능합니다. 가까운 독서 모임 수준으로도 충분합니다. 책 자체가 인증된 매체이기 때문에 책만 잘 선정하면 누구라도 지식의 장을 만들 수 있습니다. 지금은 이러한 교육이 정규 교육 과정에 편성되어 있는지 점검해 볼 시점입니다. 기본적인 것을 체득하게 하는 공간이 학교의 역할입니다. 예로부터 교사는 사명이 투철한 직업이었습니다. 그러나 교사도 직업 중 하나일 뿐이라는 작금의 사회 인식으로는 그러한 사명을 기대하기는 어려울 것 같습니다.

쇼츠 독서법

틱톡, 쇼츠, 릴스는 1분 미만의 자극적인 영상들을 반복 적으로 거의 무한에 가깝게 볼 수 있는 SNS입니다. 이들은 짧고 강렬하다는 특징을 가지고 있어 쾌락을 담당하는 뇌의 신경 물질인 도파민이 끝없이 분출하게 만들고 중독 시킨다는 점으로 인해 사회적인 문제가 되고 있습니다. 쇼츠의 특성상 이를 무거운 마음으로 감상하는 사람은 없습니다. 각 잡고 공부할 마음으로 유튜브 아이콘을 누르는 경우는 얼마나 될까요? 그러나 책은 어떤가요? 세상에서 가장 무거운 것 중에 하나가 마치 책장인 것처럼 책 한 장을 넘기기가 너무 힘듭니다. 대개 어떤 책이든 각 잡고 진심으로 임해야 한다고 여기기 때문입니다. 그래서 사람들은 책을 잘 읽지 못합니다. 인스타그램조차 요즘엔 사진만 보고 본문인 캡션은 잘 읽지 않는 추세죠. 유튜브의 제목이나 영상 설명 같은 것도 잘 읽지 않습니다. 그보다 몇 마디 직관적이고 자극적인 썸네일의 문구가 우리가 읽을 것의 전부가 되었습니다.

세상 모든 콘텐츠들이 글에 있는데 사람들은 글을 읽지 않습니다. 그리고 점점 더 못 읽게 되어가는 중입니다.

"저는 정독하는 타입이에요. 빠르게 읽으면 이해가 잘 안 될 것 같아요. 이해가 안 되면 되돌아가서 또 읽어요." 독서 못 하는 사람들의 대표적인 변명입니다. '정독하는 타입' 이라니, 도대체 어떤 타입을 말하는 걸까요? 그들이 주장하는 그 '정독'이란 독서법을 제외하고 그 밖에 다른 독서법을 시도해 보거나 찾아본 적 있을까요? 그렇다면 정독이 무엇일까요? 정신 차리고 읽기? 정자세로 읽기? '뜻을 새겨 가며 자세히 읽는다.'는 뜻의 정독은 먼저 내가 읽고 있는 게 무엇인지 알고 난 다음에 해야 하는 보다 높은 차원의 독서법입니다. 따라서 일반적인 사람들이 정독한다는 말은 "나 책 못 읽어요"라는 말을 둘러 말한 것과 같습니다. 초독에 정독은 어울리지 않습니다. 만일 지금 읽고 있는 책이 생소한 분야라면 더욱 그렇습니다.

실질적이고 즉각적인 피드백을 주는 책을 좋아하는 분들이 많습니다. 이들은 자기 계발, 마인드 셋, 퍼스널 브랜딩, 동기 부여 책을 주로 봅니다. 좋습니다. 그러나 반만 좋습니다. 이런 책은 다 읽는데 하루도 채 걸리지 않는 책들이고,

마치 영양제 같은 책들이기 때문이죠. 심지어 이런 책들은 완독해야 할 이유가 없습니다. 마음먹으면 1시간이면 다 훑어볼 수도 있고 필요한 부분만 발췌할 수 있습니다. 이런 책들은 하루 이틀 가볍게 읽으면서 스스로의 자기 계발감을 고취하고 의지를 충전하는 용도로 읽어야 합니다. 그런데 만일 이런 책 한 권을 한 달째 붙들고 '정독'하고 있다면 본인의 독서력을 의심해 볼 필요가 있습니다.

여기서 질문을 하나 던져보겠습니다. 앞서 언급한 책들을 한 달 동안 최대한 꼼꼼하게 이해하려고 노력하면서 한 장 한 장 공들여 한번 완독한 사람과, 정독은 아니지만 대신 빠르게 한 달에 4번 완독한 사람 중 누구의 이해도가 더 클까요? 그렇습니다. 바로 후자의 방식입니다. 암기와 이해는 반복 숙달이 가장 좋은 방법이기 때문입니다. 대체로 자기계발서 내용 중 90%는 거의 같은 말입니다. 어쩌면 95%가 넘을지도 모르죠. 이런 책에서는 나머지 5%를 찾아서 내 것으로 만드는 시도가 훨씬 효과적입니다. 요약하자면 자기계발서는 빠르게 훑어 보고 내게 적용할 만한 특별한 부분만 정독해서 그 원리를 파악하고 내 것으로 만드는 게 핵심입니다.

우리 대부분은 천재가 아니기 때문에 책을 한 번 읽어서는 절대 그 책을 다 이해할 수 없습니다. 일단 책을 전체적으로 보고 맥락 상 파악하는 게 선행되어야 합니다. 그렇기에 문장 하나 혹은 페이지 한쪽을 이해 못 했다고 다시 돌고 또 돌아갈 필요가 없습니다. 독일 철학자 니체가 영원 회귀라는 단어를 만들어 인생의 무한한 반복성을 논했습니다. 그러나 많은 이들은 고작 책 한 페이지를 영원회귀 하듯이 읽고 또 읽습니다.

행간을 읽어야 한다는 말 들어 보셨나요? 어떤 책은 고맙게도 결론부터 알려주지만, 또 어떤 책은 결론을 끝까지 미루거나 심지어 숨기기도 합니다. 어떤 책은 결론을 말한다 하곤 실제로는 결론과 다른 말을 하는 글들도 있습니다. 그리고 겉으로는 A에 대해 말하고 있지만 실제로 말하고자 하는 것은 B인 경우도 있습니다. 이런 이유 때문에라도 책은 숲을 보듯이 먼저 전체를 훑어야 합니다. 책마다 특성이 다른데 한 문장을 제대로 이해 못 했다는 이유로 읽고 또 읽는 건 비효율적인 독서입니다. 그 문장이, 그 문단이 이 책의 핵심이 아닐 가능성이 높기 때문이죠. 단지 자신이 이해하지 못 했다는 이유로 읽었던 부분을 되돌아가는 함정에 빠지면 안 됩니다.

인간은 생명체 중 유일하게 직접 겪어보지 않고도 직접 보지 않아도 상상할 수 있는 생명체입니다. 바꿔 말하면 본인이 안다고 믿으면 '아는 사람'이 되는 거죠. 이 믿는 마음은 한 사람을 사이비 교주로 만들 수 있을 만큼 인간사에 강하게 작용하기도 합니다.

이해 못 해도 괜찮습니다. 그냥 넘어가야 합니다. 내 기억에 휘발성이 있어 다 기억하지 못해도 책은 늘 그 자리에 있습니다. 이해 못 했다면 이해 못 했다고 표시해 두고 넘어가면 됩니다. 붙잡고 있어 봐야 당장 이해되는 것도 아닙니다. 장담컨대 그 당시에는 이해 못 할 겁니다. 그 순간엔 말이죠. 그렇다면 언제 이해할 수 있을까요? 바로 다음에 한 번 더 읽었을 때입니다. 한 번도 겨우 읽었는데 어떻게 책을 또 읽냐고 반문하실지도 모르겠습니다. 그건 여러분이 이해도 안 되는 책의 조각을 현기증 날 정도로 반복해서 읽었기 때문입니다. 가볍게 대충 읽으면 애초에 힘들다는 생각이 들지 않기 때문이죠. 새벽에 멍하니 쇼츠를 넘기다 보면 두어 시간이 지나갈 때가 있잖아요. 과연 그 많은 쇼츠 영상 가운데 우리는 몇 개나 기억할까요? 조금이라도 어려운 쇼츠가 있으면 바로 넘기게 됩니다. 책도 그렇게 대하면 됩니다. 쇼츠 한편, 인스타그램 피드 하나 보다 책 한쪽이 훨씬 많은 정보와 영감을 줍니다.

한 짐 챙겨 카페로 나가 음료와 케이크를 주문하고 각 잡고 앉아서 한 시간 동안 독서하지 않아도 됩니다. 그저 쇼츠 영상을 위로 쓸어 넘기듯 책장을 슬슬 넘기면 됩니다.

독서를 망설이는 이들을 위한 10문 10답

1. 나는 책 읽는 속도가 느리다

이 사실을 인정하는 것은 매우 의미 있는 행동입니다. 책 읽는 속도가 느린 것은 독서력이 떨어지기 때문인데, 독서력을 키우기 위한 연습을 해본 적이 없기 때문입니다. 독서도 연습을 통해 좋아질 수 있다는 사실을 이제 알게 되었으니 조금만 연습하면 됩니다. 연습하지 않으면 모두가 느립니다. 반대로 조금만 연습하면 어디 가서 책 좀 읽는다는 소리 들을 수 있습니다. 학생이라면 하루에 10분 정도, 한 번의 방학 기간 정도만 투자해도 좋아질 수 있습니다.

2. 천천히 음미하는 독서

지금 읽고 있는 책이 불량 식품인지 보양식인지 내 취향에 맞는지도 모르면서 어떻게 음미하죠? 여러분이 음미 중인 그 책이 만일 독약이라면? 100만 원짜리 와인의 가치를 알려면 어떻게 해야 할까요? 바로 1만 원대 저가 와인부터 시작해 5만 원, 10만 원, 20만 원, 단계별로 수준을 쌓아서 미각과 후각을 충분히 그리고 천천히 발전시켜 나가야 합니다. 평생 소주나 맥주같은 자극적인 알코올을 마신 사람들에게는 100만 원대 와인이나 1만 원대 싸구려 와인이나 크게 다르게 느껴지지 않습니다. 미각과 후각이 준비되지 않아서죠. 한 사람이 특정 분야의 수준을 높이는 건 상당히 오랜 시간과 노력이 필요합니다. 처음 읽은 책을 음미하는 건 전문가의 영역입니다. 아인슈타인이 새로운 역학에 대한 논문을 읽을 때나 하는 수준 높은 독서법입니다. 일반인인 우리는 최대한 빠르게 읽는 게 훨씬 좋습니다. 천천히 음미한다는 말은 본인의 느리고 답답한 독서를 포장하는 핑계일 뿐입니다.

3. 빠르게 읽으면 이해가 안 된다

만약 천천히 읽으면 이해가 잘 될까요? 여러분에게 해당 분야의 배경지식이 없기 때문에 이해가 되지 않는 것이지 속도와는 크게 상관이 없습니다. 무지한 분야의 책이라면 빠르게 읽고 싶어도 쉽사리 속도가 나지 않습니다. 그럼에도 최대한 빠르고 정확하게 읽으려고 해야 합니다. 책을 빠르게 읽을 수 있다는 건 동일한 시간 내에 얻을 수 있는 정보의 양이 많다는 뜻입니다.

김연아 선수처럼 모든 선수가 트리플 악셀을 완벽하게 구사하진 못해도 더블 악셀은 거의 모든 선수가 할 수 있습니다. 바꿔 말하면 우리가 김연아 선수만큼의 독서 재능이 없어도 어느 정도 수준까지는 올라갈 수 있다는 뜻입니다. 어느 정도 빨리 읽고 이해하는 정도는 누구든지 할 수 있다는 뜻입니다. 우리의 목표가 세계 최고의 독서가가 아니기 때문에 수준급의 독서력만 갖추어도 주변 누구보다 높은 경쟁력을 가질 수 있습니다. 단지 빨리 읽을 수 있다는 이유 하나로 말이죠. 그리고 그렇게 어렵지도 않습니다. 하루 10분이면 충분합니다.

4. 독서를 연습해야 한다는 생각은 해본 적이 없다

이것이 한국 독서 교육의 부재가 불러온 재앙입니다. 젓가락질도 연습해야 익숙해집니다. 그리고 어느 정도 수준이 되면 젓가락질 연습을 자연스럽게 멈추게 됩니다. 익숙해진 덕분이죠. 젓가락질을 제대로 못 하면 밥 먹기가 힘들기 때문에 부모님이 오랫동안 옆에서 지켜보고 교정해 줍니다. 지적은 쉽지만 가르치는 것은 노력이 필요합니다. 제 조카는 중학생임에도 젓가락질이 서툴렀습니다. 제가 젓가락질 하는 방법을 최대한 정확하고 성실하게 게임하듯이 알려주었더니 다음번 방문했을 땐 젓가락질이 완전히 달라져 있더군요. 알려주기만 해도 금방 개선되는 것이 많습니다. 그러나 부모로서는 마냥 답답한 경우가 있습니다. 이럴 때는 제 3자가 봐주면 좋습니다. 수영 교습을 받으면 제일 먼저 배우는 게 뭘까요? 바로 호흡법입니다. 숨쉬기도 연습해야 한다는 말이죠. 하물며 한 사람의 정수가 담긴 책을 읽는 건데 당연히 연습이 필요하지 않을까요? 독서는 당연한 게 아닙니다. 독서도 꽤 고통스러운 스포츠이며 기본기를 충실하게 갈고 닦아야 가능합니다. 그걸 알려주는 사람이 없었기 때문에 여러분은 독서할 수 없다는 착각을 가지고 있습니다. 그리고 대부분 평생 그렇게 살아갑니다.

5. 굳이 그렇게 까지 독서를 해야 하나?

KTX기차에서 뒷사람은 신경 쓰지도 않고 의자를 바짝 내려 눕는 사람이 있습니다. 자신의 차에 행인이 깔려 있는데 깔려 있는 사람을 구할 생각보다는 사건을 해결하기 위해 변호사부터 부르는 사람도 있습니다. 새치기가 잘못된 것인지 모르는 사람도 많고, 누군가는 왕복 8차선 도로를 무단횡단 하기도 합니다. 제 자식은 소중하게 여기면서 남의 자식은 내 알 바 아니라는 부모도 있죠. 이러한 무지성적인 태도에도 불구하고 부끄러움이나 수치심, 미안함을 전혀 느끼지 않는 사람들이 있습니다. 누군가 그걸 알려주지 않았기 때문이죠. 독서는 이런 무지성을 깨트리는 첫걸음이자 수련입니다. 그런 무지성적인 사람들과 같은 수준이고 싶다면 그렇게까지 독서할 필요는 없습니다. 그러나 방금 제가 언급한 내용 중에 분노나 당혹감 혹은 수치심 등이 느껴졌다면 여러분은 일반적인 양심이 있는 분들입니다. 그렇다면 독서를 하는 편이 훨씬 좋습니다.

6. 지성인이라고 다 착한 건 아니지 않은가?

맞습니다. 지성적이라고 해서 꼭 도덕적인 것은 아닙니다. 안다고 해서 세상을 바꿀 수 있는 것도 아니고, 몰라도 평생 도덕적으로 착하게 살아오신 분도 많습니다. 그럼에도 하나 확실한 건 있습니다. 몰라서 당한 만큼 억울한 일도 없다는 겁니다. 내가 당했다면 적어도 왜 당했는지 알아야 다음을 대비할 수 있습니다. 글을 잘 읽게 되면 일상의 작은 법령도 덩달아 잘 알게 됩니다. 전세 사기, 보이스 피싱 같은 거대한 피해뿐 아니라 내 일상을 괴롭히는 소음이나 부서진 보도 블

럭으로부터 우리를 보호할 수 있습니다. 우리는 보다 도덕적인 삶을 살기 위해 독서하는게 아닙니다. 일상에서 억울하게 피해 보지 않으려는 작은 노력으로 보시면 좋습니다. 아이러니하게도 이런 독서를 지향하면 의도치 않게 도덕적으로 살게 될 가능성 또한 커집니다. 잘 읽게 되면 생각보다 삶이 더 편해질 수 있습니다.

7. 나만의 독서 방식이 있다

나만의 방식이라는 건 사실 일가를 이룰 정도로 성공하거나, 독보적인 실력을 가진 사람들만 쓸 수 있는 아주 고차원적인 표현인 것을 아시나요? 이도 저도 아닌 사람들이 자신만의 방식, 스타일을 논하는 건 생각보다 오만한 행동입니다. 따라서 자신만의 방식을 고집하려면 그만큼의 실력을 먼저 입증해야 합니다. 그렇지 않다면 우선 나만의 방식, 즉 자의식은 내려놓고 타인을 모방하는 노력을 먼저 하는 게 잘될 확률이 높습니다.

독서는 어떨까요? 독서 방식은 책에 따라 환경에 따라 달리 해야지 자기 스타일에 맞게 하는 게 아닙니다. 고전 문학, 우주과학, 수학, 자기 계발, 수필, 경제학 같이 쓰이는 단어와 문체가 전혀 다른 책들을 같은 독서법을 고집하며 독서하는 것은 비효율적인 일입니다. 젓가락은 가장 자유로운 식기구입니다. 그리고 한국인은 젓가락을 가장 잘 씁니다. 그러나 아무리 한국인이 젓가락질을 잘해도 젓가락으로 국을 떠먹을 수는 없습니다. 숟가락을 써야 할 때가 있기 마련입니다. 음식에 따라 도구가 달라지듯 책에 따라 독서법도 달라져야 합니다.

8. 도저히 맞지 않는 책이 있다

그럴 수 있습니다. 그렇기에 '나에게 도저히 맞지 않는 책'은 독서 연습하기에 안성맞춤입니다. 이런 책은 글씨만 쭉 읽어 나가보세요. 속독 연습에 이만한 책도 없습니다. 적어도 완독했다는 성취감은 느낄 수 있고 새로운 어휘를 발견하게 될 겁니다. 어차피 이해 안(못) 할 예정이니까 브레이크가 고장 난 자동차처럼 멈추지 말고 읽어 그 책을 해치워 버리세요. 언제 어디서 갑자기 그 책의 내용이 떠오르고 그때서야 비로서 '다시 한번 더 읽을까.' 하는 마음을 먹게 될 수도 있습니다. 대충이라도 한 번 읽었던 책이라 한 번 더 읽을 땐 더 잘 읽힙니다. 그러니 알라딘에 팔아 버리는 건 나중으로 미루면 좋겠습니다. 이렇게 나와 맞지 않는 책은 2장에서 다룰 독서 훈련용으로 이용하면 좋습니다. 저는 리처드 도킨스의 《이기적 유전자》를 이런 식으로 처음 완독했습니다. 이해 못 했다고 해서 완독했다는 사실이 사라지는 건 아닙니다.

9. 책 읽을 시간이 없다

여러분 스스로에게 물어보세요. 시간은 단 한 순간도 없어본 적이 없습니다. 여러분이 만들지 않았을 뿐이죠. 아무리 초인적으로 바빠도 누가 여러분 대신 대소변을 봐주진 않습니다. 대소변을 보는 그 시간에도 업무 메시지를 주고받고 있다면 인정합니다. 뉴욕의 월가에서 활동 중인 금융맨들은 2~3시간 잠들고 일어나면 수백 건의 처리해야 할 이메일이 쌓여있다고 고백합니다. 그들은 정말 물리적으로 책 읽을 시간이 없습니다. 그런데도 짧은 점심을 활용해 운동도 하고 독서를 합니다. 신기하죠? 일론 머스크도 빌 게이츠도, 베르나르 아르노도 1년에 50권 이상은 읽는다는 사실을 잊지 맙시다.

10. 왜 책을 읽어야 하는지 모르겠다

이게 바로 여러분이 가난한 이유입니다. 물론 물질적으로 가난하지 않을지도 모릅니다. 돈 많은 부모님 덕분에 돈 걱정 없이 지내고 부유한 환경에서 살아왔을지도 모릅니다. 아니면 불량배나 양아치 무리처럼 무력과 불법을 저질러 돈이 많을지도 모릅니다. 아니면 로또 당첨으로 부유해졌을지도 모르겠습니다. 돈만 많은 사람은 부자가 아니라 졸부라고 합

작가란 이야기 만들기를 좋아하는 조금 특별한 사피엔스일 뿐입니다. 부자일 수도 있고 가난할 수도 있습니다. 학생일 수도 있고 교수일수도 있습니다. 남자일 수도 여자일 수도 혹은 그 둘 모두 아닐 수도 있죠. 독자가 작가의 진면목을 알 수 있는 방법은 없습니다. 부모조차도 자녀를 100% 알지 못합니다. 작가 스스로도 자신의 글을 완성하고 난 후 이 글이 자신이 쓴 게 맞나라고 생각할 때가 있을 정도죠. 작가의 온전한 주장을 바탕으로 논리적으로 탄탄하게 쓰이는 글도 있지만 의식의 흐름대로 이어지고 완성되는 경우도 왕왕있습니다. "이 저자는 이런 식으로 글을 쓰는구나. 이렇게 글을 전개하는구나."와 같은 생각을 가지고 저자가 왜 이런 글을 썼을지에 대한 이유를 찾아가는 것, 그것이 참된 독서입니다.

독서란 저자의 경험과 생각, 의견을 엿보는 노력입니다. 작가의 주장을 무비판적으로 수용하는 것은 절대적 신뢰를 바탕으로 하는 것이니 조심해야 합니다. 그저 저자의 생각과 내 생각을 비교해 보고 내 삶이 조금 더 나은 방향으로 갈 수 있게끔 도움을 받는 정도로 받아들이면 좋겠습니다.

'출제자 의도 파악'이라는 용어가 있습니다. 문제를 배배 꼬아 출제자의 의도를 숨겨 문제를 위한 문제를 만드는 것으로, 원어민조차 답을 찾기 어려운 우리나라 '수학 능력 시험', 이것을 준비하는 '입시'에서 자주 등장하는 낱말입니다. 모든 글에는 글쓴이의 의도가 담겨 있습니다. 의도를 꽁꽁 감추어 일부러 찾기 힘들게 만든 글도 있고, 이 글처럼 의도부터 밝히는 글도 있습니다. 사람들은 의미가 모호한 것에 끌리는 경향이 있습니다. 잘 모르는 것에 대한 호기심일까요? 이런 걸 알아내려면 책 한두 권으론 어림없습니다. 저자의 의도를 파악하는 것이 매우 중요한데, 이는 독자의 실력을 키우는 가장 좋은 습관이기도 합니다. 일단 한국말은 끝까지 들어봐야 하듯, 책도 그렇게 읽는 습관이 필요합니다.

> 한 작가가 일생 동안 진지하게 쓸 수 있는 이야기는 기본적으로 그 수가 제한되어 있다. 우리는 그 제한된 수의 모티프를 갖은 수단을 사용해 여러 가지 형태로 바꿔나갈 뿐이다.
>
> — 호르헤 루이스 보르헤스

보르헤스의 말과 같이 한 사람의 이야기는 평생이 지나도 거의 바뀌지 않을지도 모릅니다. 다만 같은 이야기를 해도 그 솜씨가 늘어나는 것은 확실합니다. 어떤 연기자의 연기가 몇 년 혹은 몇십 년 동안 일관된 무드의 연기를 하고 있는데도 질리지 않는다고 느껴진다면 사실 극찬이라고 볼 수 있습니다. 시청자의 눈높이가 그만큼 깊어지고 성장했을 텐데 그 기간 동안 변함없다고 느껴졌다면 그 이유엔 연기자의 대단

한 공력이 숨어있기 때문이죠. 수십 년간 변함없이 늘 비슷한 맛을 내는 과자 '새우깡'도 그 사이 20번 넘게 맛이 변했다고 합니다. 우리가 일관되다고 느끼는 것은 사실 엄청난 노력의 결실이며 치열한 변함의 결실인 경우가 많습니다. 그런 변화의 노력이 없었다면 벌써 도태되었을 겁니다. 배우도 새우깡도 모두 잊혀졌을테죠.

　오직 나의 세계를 중심으로 책을 바라보면 생각의 다양성이 줄어들게 됩니다. 책을 통해 시야를 넓히고 세상을 바라보는 해상도를 높이는 노력, 그것이 독서의 본질입니다. 나무라기 위해 읽는 책이 아니라 나와 다른 의견도 기꺼이 수용하는 태도가 우리를 꼰대가 아닌 변화를 수긍하는 사람으로 기억되게 만들 겁니다.

조회수 1의 권력

　시중의 북클럽은 완독을 해야만 참여가 가능한 '완독형 모임'과 어쨌든 한 장이라도 읽어보려는 '응원형 모임'으로 나눌 수 있습니다. 응원형 북클럽에 나가보면 독서를 하지 못한 것에 대한 다양한 평계를 들을 수 있습니다. 가장 흔한 이유는 바빠서입니다. 다음으로는 취향에 맞지 않아서고, 처음 접해보는 장르라 어려워서 진도가 나가지 않는다는 경우도 있습니다. 저자의 주장이 자신의 감성과 맞지 않는 경우도 있고 반대로 책이 너무 좋아서 아껴본다(?)는 황당한 평계도 있습니다. 그게 뭐가 황당하냐고 반문할 수도 있겠습니다. 그 평계가 왜 황당한지에 대해 이야기를 해보려고 합니다.

　유튜브 덕분에 이제는 전 국민이 '썸네일'이라는 단어를 알고 있습니다. 썸네일을 직역하면 엄지손톱이라는 뜻인데 유튜브에서 시청자를 유혹하는 직사각형의 타이틀 이미지가 엄지손톱 사이즈라서 생긴 별칭입니다. 시청자들은 엄격합니다. 혹시나 썸네일을 잘못 눌러 내가 원치 않는 영상을 재생시켜 '조회수 1'을 올려주는 것을 분해합니다. 조회수 1 올려 주는 게 무슨 유료 후원을 한 것처럼 클릭 실수를 분해합니다. 썸네일의 문구를 보고 본문의 내용을 추리해 본 뒤, 마음에 들겠다는 확신이 생겨야 썸네일을 눌러 영상을 재생시킵니다. 돈 드는 것도 아닌데 구독 버튼을 누르는 것을 대통령 선거 투표보다 귀하게 여기는 듯합니다. 심지어 스스로 아무나 구독하지 않는 것을 자랑스럽게 말하는 분들도 있죠. 저도 마찬가지였습니다. 언제부터인지, 우리는 콘텐츠 앞에서 깐깐해졌습니다. 우리가 가진 몇 안 되는 권력이어서 그런 걸까요? 아니면 내 귀중한 시간을 아끼기 위함일까요? 이런 깐깐함이 정보의 공백을 만들고, 자의식을 강화시키고 있는지도 모르고 말이죠. 돈 한푼 들지 않는 유튜브 썸네일(영상) 앞에 마주한 우리의 망설임의 근원은 어디서부터일까요? 조회수 1을 올려주는 게, 구독 버튼, 좋아요, 한 번 하는 게 왜 망설여지고 엄격해질까요? 넷플릭스, 왓챠 같은 OTT에서는 인트로와 로딩, 무엇보다 긴 시간의 영상 때문에 그로 인해 느껴질 피로감 때문에 선택이 신중해진다고 합니다. 그러나 유튜브는 버튼을 누르자마자 거의 바로 재생이 되며 심지어 영상의 시간도 10분 내외로 짧은 편입니다. 그런데도 망설이게 됩니다. 저는 이 현상을 '조회수 1의 권력'으로 정의합니다. 클릭함과 동시에 나의 시간이 지불되기 때문입니다. 문제는 이 권력이 다른 콘텐츠로 번진다는 겁니다. 유튜브에서 시작된 '조회수 1의 권력'이 앞서 설명한 OTT와 인터넷 쇼핑을 넘어 책에까지 번지고 있는 게 아닐까 하는 의구심이 듭니다. 콘텐츠 과잉의 시대가 도래했기 때문입니다.

과거에는 책이 귀했습니다. TV프로그램은 늦어도 자정이면 끝이 났고 아침 뉴스 시작 전까지 TV는 먹통이었던 시절이 있었죠. 당시 우리 부모님들 중 일부는 이 무료한 밤 시간을 달래기 위해 독서를 했습니다. 그렇지 않아도 없는 형편에 유료인 책을 구매해서 보는 건 생각보다 고급 취미였습니다. 국공립 도서관조차 귀한 시절이었습니다. 독서에 진심인 분들은 중고책방 거리를 찾아 천편일률적인 책 표지들 중에 엄선하고 또 엄선해서 책을 구매했습니다. 지금처럼 책 표지가 화려하던 시절이 아니었고 번역도 엉망이어서 좋은 책을 구하기 쉽지 않았습니다. 그때는 책을 돌려 보는 게 당연하던 시절인지라 아껴 보고 다시 보던 시절이었습니다. 책이 좋아서이기도 했지만, 대체할 만한 다른 매체가 없기도 했습니다. 인터넷이 없으니 처음 접하는 단어들을 알아낼 방법은 일반인에겐 사실상 없는 것과 마찬가지였습니다. 정 알아내고 싶다면 백과사전에서 찾아야 하는데 사전에도 나오지 않는 정보는 대학교 나온 조카나 돼야 알아봐 줄 수 있었죠. 지금은 세상이 아주 좋아졌습니다. 마음만 먹으면 원소 주기율 표 이미지도 1초 만에 찾을 수 있고, 심지어 그걸 쉽게 보는 법과 1분 요약도 얻어 낼 수 있으니 말이죠. 정보를 얻는 게 너무 쉬워졌기 때문일까요? 사람들의 독서에 대한 태도가 역행하고 있습니다. 저는 그 이유가 '조회수 1의 권력'이 만든 깐깐함의 역습이라고 생각합니다. 무엇이든 선택할 수 있게 된 세상은 아이러니하게도 선택을 보류하게 만들었습니다. 바야흐로 선택 장애의 시대가 도래했습니다.

좀 더 여유로운 마음으로 책을 대하면 좋겠습니다. 과거에 비해 책의 수준이 더욱 올랐고 디자인도 훨씬 세련되어졌습니다. 책은 잘 정리된 주장들과 정보 지식으로 만들어 지고 있습니다. 잘 만든 에세이 한 편은 짧은 시간에 생각할 거리를 많이 던져주기도 합니다. 범람하는 자기계발서는 처음부터 끝까지 읽지 않아도 되는 한편 각자의 통찰을 수준 높게 제시합니다. 조회수 1의 권력이 만들어낸 선택 장애는 우리가 책을 고르고 또 읽게 만드는 것을 방해할 뿐이죠. 독서의 시작이 생각보다 어렵게 느껴지는 이유의 한 축이기도 합니다. 혹시 본인이 그렇지 않은지 스스로를 돌아볼 시간입니다. 최근 저는 '좋아요'와 '구독'을 남발합니다. 그것을 아낄 이유가 전혀 없는 반면 그걸 받는 크리에이터에겐 큰 힘이 되기 때문입니다. 칭찬은 고래도 춤추게 한다고 합니다. 여러분, 아끼지 마세요. 세계 최고의 부자이든 빈자이든 '구독'

과 '좋아요'는 공평하게 한 번씩 할 수 있습니다. 책도 마찬가지입니다. 우리가 세계 최고의 부자보다도 더 많이 할 수 있는 것 하나를 꼽자면 바로 독서입니다. 어때요? 이래도 독서 안 하실 건가요?

독서의 이유

인간은 왜 책을 읽을까요? 우리는 어떤 태도로 책을 읽어야 할까요? 프랑스 철학자 볼테르는 "사람을 판단할 때 대답으로 판단하지 말고 질문으로 판단하라."는 말을 남겼습니다. 기자회견 같은 질의응답이나 토론회를 보면 답이 정해진 질문을 던지는 패널들을 볼 수 있습니다. 이런 것도 질문의 힘을 잘 이용하는 사례입니다. 잘 만든 질문만큼 강한 힘을 지닌 게 없고 의도된 질문만큼 무서운 것이 없습니다. 그런데 독서하는 이들 중엔 책을 통해서 질문을 찾는 게 아니라 답을 찾고자 하는 이들이 많은 것 같습니다. 자신이 평소 정답이라고 믿는 신념과 대조하여 그 신념과 싱크로율이 높으면 좋은 책으로 분류하고 그게 아니라면 그저 그런 책이라고 치부합니다. 분명히 나쁜 책도 있습니다. 거짓 정보가 담긴 책은 명백히 잘못된 책이죠. 그러나 팩트에 기반한다고 다 좋은 책이 되는 것도 아닙니다. 의도가 나쁜 경우도 있기 때문이죠. 다른 내용으로 알아야 될 사실을 감추는 사례들도 있습니다. 과연 누가 옳을까요? 정답은 없습니다. 확실한 것은 세상에 나와 대립하는 의견을 가진 사람이 있다는 거고 그런 사람이 그런 의견을 책으로 냈다는 것이며 심지어 팔렸다는 사실입니다. 그럼, 누구의 주장에 힘이 실릴까요?

독서는 내 질문을 더 예리하게 만들어가는 과정입니다. 그리고 그 질문의 답을 내릴 수 있는 사람은 다름 아닌 나 자신입니다. 꼰대라는 단어는 이제 불쾌한 골짜기를 넘어 하나의 밈으로 자리 잡게 되었습니다. 꼰대란 자신의 생각과 신념이 '정답'이라고 믿는 사람이고, 스스로의 주장이 틀릴 수 있음을 인정하지 않고 변하지 않는 사람을 뜻합니다. 저는 베이비부머 시대 이전의 어르신들은 우리가 보기에 꼰대 같아도 어쩔 수 없다고 생각합니다. 그들은 우리가 이해하지도 겪어보지도 못할 만큼 비상식적이고 가난하고, 그래서 상상할 수 없을 만큼 처절했던 시대를 살아왔고, 누구 하나 알려주는 이 없이 나이가 들었기 때문입니다. 원하지도 바라지도 않았지만 어쩔 수 없이 배운 것 하나 없는 어른이 되어버렸습니다. 그들은 우리가 안아주고 이해해 줘야 할 대상이며 그들을 이해하지 못 하고 바뀔 수 없다고 폄하하는 이들이야말로 몰상식한 이들입니다. 우리가 이해 못 하는 건 우주에 95%나 차지하는 암흑 물질의 생성 원인이지 꼰대의 이유, 이성의 태도가 아닙니다. 뇌과학 도서 몇 권, 생물학 도서 몇 권만 읽어도 인간이 나이가 들면 꼰대가 될 확률이 올라가는 것이 자연스러운 것이라는 것을 쉽게 알 수 있습니다. 10대 때 읽었던 《화성에서 온 남자, 금성에서 온 여자》라는 유쾌하고 가벼운 심리학 도서는 남녀 간의 심리를 이해할 수 있게 해준 연애 바이블이었습니다. 굳이 《종의 기원》같은 어려운 생물학 책을 보지 않아도 이처럼 세상엔 유쾌하고 가볍게 즐길 책도 많습니다. 《종의 기원》같은 무서운 책은 나중에 봐도 됩니다.

진짜 문제는 이해하려고 들지 않는 '젊은 꼰대'들입니다. 그들 중 책을 읽는 이가 거의 없는데 몇 마디 나누어 보면 어렵지 않게 그 이유를 유추할 수 있습니다. 그들에게 책은 처음부터 끝까지 꼼꼼히 읽어야 하며, 독서 환경이 완벽하게 구축되어 있어야 합니다. 굳이 이해하기 힘든 '원론'을 고집하기도 합니다. 아류작이나 자신과 정치 진영이 맞지 않으면 읽어보지도 않고 마치 모든 걸 알고 있다는 듯 비판을 쏟아냅니다. 생물학적으로는 가장 유연한 상태에 있어야 할 그들이 어째서인지 석상 그 자체가 되었습니다. 그들은 자신의 상상이 만들어낸 가상의 진실을 진짜로 생각하기도 합니다.

그들은 책과 씨름을 합니다. 어떻게 하면 책에서 마음에 드는 부분을 찾을 수 있을까에 혈안이 되어 있습니다. 완독으로 향하는 길에 허들이 너무 많고 대부분은 중간에 걸려 넘어집니다. 산책 같은 독서를 풀코스 마라톤 달리듯 읽는 사람들입니다. 그들이 스스로 만들어 낸 허구의 허들을 한 단어로 요약하자면 바로 '자의식'이라 할 수 있다.

이제 막 독서를 시작한 초보가 가장 읽기 쉽고 유익한 책은 '자기계발서'입니다. 독서하려는 사람의 절반은 자기계발서만 읽고, 나머지 절반은 자기계발서 읽는 것을 꺼립니다. 저는 자기계발서 기피 현상이 어느 겉멋 든 이의 인터뷰에 기인한다고 봅니다. 반대로 자기계발서만 읽는 사람들은 실무를 무시하고 자격증만 맹신하는 사람들 같아 보입니다. 잘 쓰여진 고전에는 자기계발서 10권 아니 100권 이상의 처세술이 담겨 있습니다. 자기계발서 100권 읽은 사람이 도스토예프스키의 《죄와벌》을 읽는다면 본인이 읽었던 그 100권의 자기계발서 만큼의 통찰이 고작 소설 한 편에 담겨 있음을 알게 됩니다. 오직 재미만 목적으로 하는 유흥 소설도 있지만 많은 소설들이 작가의 철학과 숙성된 경험이 그대로 녹아 있는 경우가 더 많습니다. 그래서 소설과 자기계발서 그리고 이를 이해하기 위한 인문학 독서가 함께 이루어져야 합니다.

자기계발서가 다 똑같은 말을 하는 것 같지만 엄연히 다릅니다. 어느 것 하나 똑같은 게 없습니다. 형식 내용 면에서는 90% 이상 같을지 모르겠지만 자기계발서는 반드시 저자의 노하우라고 할 수 있는 '킥'이 담겨 있습니다. 자기계발서를 읽는 것은 저자의 '킥'을 찾아내는 노력이며 그 나머지 내용들은 반복 숙달을 위한 트레이닝이라고 볼 수 있습니다. 다 아는 내용이라도 한 번 더 훑어야 하는 이유가 바로 이 때문입니다. 안다고 해서 모두 다이어트에 성공하지 못하고, 복근을 만들 수 없고, 부자가 될 수 없으며 장사에 성공할 수 없습니다. "자기계발서는 다 거기서 거기 아닌가?"라고 생각한다면 그건 똑같아 보이는 부분만 보고 저자가 숨겨둔 진짜를 찾아내지 못해서입니다.

단순히 배울 점을 찾거나 교양을 쌓겠다는 마음으로 무지성 독서를 해선 안 됩니다. 최대한 다양한 정보를 찾고 특히 고전을 접할 때는 마치 책이 출간된 시대의 사람인 것처럼 읽을 줄도 알아야 합니다. 그러는 한편 내가 21세기 현대인임을 자각하고 과거의 감성으로 읽은 내용을 현대의 감성으로 재가공할 수 있어야 합니다. 오늘날에도 우리가 고전을 읽고 연구해야 하는 이유는 고전 속의 인간관계가 현대에도 여전히 유효하기 때문입니다. 이런 방식으로 책장에 꽂혀가는 책이 늘어갈수록 고전을 읽는 능력도 상승합니다. 과거에는 와닿지 않던 책도 새롭게 눈에 들어오기도 하고 한 장 넘기기도 힘들던 책들이 술술 넘어가기도 합니다. 20대 때는 받아들이기 어려운 책들이, 40대가 되어야 비로소 읽히는 책들도 있습니다.

독서란 다양성을 알아가는 것입니다. 독서가 삶을 바꿀 수 있다면 그 이유는 여러분이 그 속에서 다양성을 존중하는 방법을 찾아낸 것이고 그 사이에 인간, 즉 사람과 사람 사이를 이어주는 끈을 발견했기 때문입니다. 누군가는 당신의 팽팽한 자의식을 받아들이고 자기 쪽에서 끈을 느슨하게 만들어 그 관계를 유지하기 때문입니다. 어깨에 힘을 빼고 조금 더 유연해집시다. 독서는 단호하게 하되 책에 대해서는 관대해져 보면 어떨까요? 이 넓은 우주에 정답은 없고 우리가 읽는 대부분의 책은 그럴 법한 이야기, 혹은 공감 가지 않는 이야기가 존재할 뿐입니다. 인생은 오디션 프로그램이 아니니 너무 판단하지 말고 그 책이 가지고 있는 '킥'을 획득하려고 해 보면 어떨까요? 책 속에 우리가 찾는 진짜 사냥감이 있습니다. 사냥감은 때로는 너무 부담스럽고 때로는 기대에 못 미칠 수도 있습니다. 그럼에도 사냥을 멈춰서는 안 됩니다. 그렇지 않으면 나도 모르는 사이 영혼의 양식이 떨어져 마음이 가난한 인간이 되고 말지도 모릅니다.

책 읽어야 하는 과학적 이유

　며칠 전에 읽었던 유시민 작가의 《문과 남자의 과학 공부》의 생물학 파트에 따르면 인문학적 지식은 유전되지 않는다고 합니다. 유전자는 최소 100만 년 단위로 그 연대를 측정한다고 하는데 호모 사피엔스는 지구에 등장한 지 20만 년 밖에 되지 않습니다. 산업사회 몇백 년, 디지털 사회 몇십 년과 비교하면 20만 년은 매우 긴 기간으로 보입니다. 그러나 지구 입장에서, 혹은 우주 입장에서 보면 인류는 존재한다는 것만으로도 감사할 정도로 그 존재감이 미미합니다. 스마트폰 사용으로 인해 인류의 정보 이용 능력은 극대화되었고 마치 온 우주를 이해할 것처럼 느껴집니다. 그러나 현대 물리학은 우주의 5% 정도만 겨우 파악할 정도입니다. 나머지 95%를 차지하는 암흑 물질과 암흑 에너지에 대해서 그 존재가 있을 뿐이라는 사실만 겨우 인지했을 뿐입니다. 어디 우주뿐일까요? 우리가 살고 있는 지구도 마찬가지입니다. 육지에서 가장 높은 에베레스트 산맥이 정복된 지 이제 70년 정도 되어가지만 심해에 대해선 접근조차 못 하고 있습니다. 현재 인류의 기술로는 우주뿐 아니라 깊은 바다조차 들어가지 못합니다. 얼마 전 일어났던 타이태닉 탐사 잠수정 '타이탄'의 폭발 사고는 심해가 얼마나 무서운 곳인지 다시 한번 일깨워 주었죠. 인류가 세상을 잘 알 것이라고 여기지만 우주적인 거시적 관점에서, 그리고 양자 역학이 작동하는 미시적 관점에서 보자면 우리는 거의 아무것도 모르는 것과 같습니다. 그야말로 작디작은 '미물'에 불과합니다. 그래도 이 작은 미물이 어느새 우주에 로켓을 쏘아 올려 기어코 인류가 달에 발자국을 남길 수 있게 했습니다. 지식이 소실되지 않고 후대에 꾸준히 전달된 덕분이라고 할 수 있는데 그 전달 체계의 핵심이 바로 책입니다.

생물학적으로 인류는 부모와 부모의 부모, 그리고 그들 부모의 부모들인 선조들로부터 유전자를 바통 터치 받아 왔습니다. 가장 위대한 철학자 중 한 명인 임마누엘 칸트는 '선험적 지식'이란 용어를 사용했는데 경험하지 않아도 이미 알고 있는 것이 있다는 의미를 뜻합니다. 배우지 않아도 알 수 있는 이런 DNA 속 패시브 지식은 우리가 살인을 저지르면 안 되고, 약자를 보호해야 한다는 본능이 생기게 해준다고 합니다. 누가 알려주지 않아도 인류 대부분이 가지는 '양심'이 대표적인 예입니다. 이렇게 생존에 필요한 정보는 마치 유전자에 새겨진 것처럼 누가 알려 주지 않아도 알게 됩니다. 그러나 이를 제외한 나머지 정보는 경험을 통해서만 얻을 수 있습니다. 어디에 가면 열매가 있고, 어떤 열매는 먹으면 안 되는지, 특정 시기가 되면 날이 추워지고, 해가 지면 목숨을 위협하는 미지의 생물들이 있으니 조심해야 한다는 것 등을 말이죠. 그래도 이 정도는 문명을 이룰 정도의 지적 수준이 아니어도 해낼 수 있는 수준입니다. 그러나 이와 같은 생존에 필요한 최소한의 정보는 21세기를 살고 있는 현대인에게는 정보라고 할 수도 없습니다.

우리 삶의 가장 큰 바람은 정보와 실력 그리고 운의 3박자가 완전히 맞아 원하는 바를 이루는 것일 겁니다. 이 세 가지 요소가 모두 합쳐졌을 때 비로소 원하는 결과를 얻을 수 있기 때문이죠. 좋은 정보를 가지고 있어도 그 정보를 다룰 수 있는 실력이 없다면 무용지물입니다. 반대로 아무리 실력이 있어도 좋은 정보가 없다면 마땅히 움직일 수 없습니다. 그러나 정보도 실력도 없는데 소 뒷걸음치다 개구리를 잡듯이 우연히 좋은 결과가 나오는 이들도 있습니다. 이런 순수한 행운은 정보와 실력이 뒷받침되지 않으면 결국 오래 유지하기 힘듭니다. 또한 정보가 들어왔을 때 이게 진짜 좋은 정보인지 아닌지 알아내고 빠르게 처리할 수 있는 실력이 없다면 마찬가지로 롱런할 수 없습니다. 결국은 아무리 운이 좋아도 실력이 없으면 운을 지켜낼 수 없고, 아무리 실력이 없어도 정보라는 운이 따라주지 않으면 좋은 결과는 보기 어렵습니다. 그러나 진짜 실력 있는 이들은 정보가 내 앞에 떨어지기만을 기다리지 않고 정보를 찾아내려고 노력합니다. 그 노력의 기반이 무엇일까요? 그건 다름 아닌 책입니다. 책 속에 우리에게 직접적인 행운을 주는 정보는 없을지도 모르지만, 책은 어찌 되었든 지금 내게 없는 새로운 정보를 줄 수 있고, 많은 책을 읽으면 그만큼 다양하고 많은 정보를 얻을 수 있습니다. 비판적이되 비관적이지 않은 태도를 가진다면 정보의 옥석을 가려내는 안목을 키울 수 있습니다. 그런 태도 또한 책에서 배울 수 있죠. 글이 없던 시대의 정보들은 음성으로 전달되었습니다. 음성 정보는 기록하지 못하면 먼 곳까지 퍼지지 못하는 한계를 지니고 있습니다. 이 한계를 극복하고 장기간, 그리고 더욱 멀리 정보를 퍼트릴 수 있었던 게 바로 문자 덕분입니다. 그리고 이 문자 정보를 잘 정리한 게 바로 책입니다. 현대의 음성 정보나 영상 정보도 많은 경우 글에서 비롯된 것이 많으니 영상이나 음성으로 얻어낸 정보도 결국은 글이고 책이라고 볼 수 있습니다. 따라서 책만 많이 읽을 수 있다면 여러분이 정보를 얻는 매체와 같은 수준으로 정보를 얻을 수 있습니다. 이것이 책을 읽어야 하는 이유입니다.

유한한 시간이 소중한 이유는 예외 없이 자신의 수명만큼만 시간이 허락되기 때문입니다. 우주는 인간의 시간을 기준으로 한다면 영원하다고 봐도 좋을 정도입니다. 따라서 우주의 시간은 흐르지 않는 것과 다름없죠. 하지만 인간은 지구에서 태어나 약 80년 정도를 살고 다시 원자 상태로 돌아갑니다. 우리의 자아가 어떻게 생겨 났는지 모르지만 사람을 구성하는 물질은 인류가 존재하기 전부터 있었고 그 존재가 잊히고 나서도 있을 것이라는 사실은 변하지 않습니다. 죽음 뒤에도 나를 나라고 여기는 인식 주체인 '자아'가 있을진 모르겠지만 적어도 살아 있는 지금은 자아가 있다는 게 확실합니다. 그렇게 보면 나를 나라고 인식하는 우리 각자의 '자아'에게 가장 중요한 건 각자가 좋다고 생각하는 일을 원하는 만큼 하는 것, 그리고 그 좋다고 생각하는 게 바뀌었을 때 얼마든지 바꿀 수 있는 유연한 사고를 가지고 살아가는 것 아닐까 싶습니다. 그리고 그게 우리가 말하는 행복이 아닐까요. 이런 생각을 할 수 있게 해주는 것과 그런 질문을 던진 사람의 의견을 들어볼 수 있는 태도를 지니게 해주는 것 역시 독서에서 비롯됩니다.

행복이 무엇인지, 왜 행복해야 하는지, 왜 현재에 최선을 다해야 하는지. 최선을 다하기 위한 정보와 그런 정보를 얻는 것, 그것이 운이라는 것을 알 수 있는 것도 모두 글에 쓰여 있으며 이를 가장 잘 정리한 게 책입니다. 책은 우리가 스

스로 삶에 어떤 의미를 부여할지 어떤 답을 내릴지 결정할
수 있게 도와주고 '가장 나다운 나'가 되게끔 이끌어 줄 수 있
습니다. 그래서 글을 읽어야 하고, 글이 잘 정리된 책을 봐야
합니다. 현대 과학의 발전으로 이젠 단순한 논리만으로 세상
의 이치를 논할 수 없게 되었습니다. 인류가 그랬든 과학도
끝없이 발전하고 있습니다. 그런 과학적 사실 기반 아래 논
리를 쌓아가고 스스로의 삶의 의미를 찾아가는 것에 책만큼
좋은 동반자가 없습니다.

독서 소비

언젠가부터 적당한 자기계발서 한 권 정도는 단번에 읽는 정도로 독서 능력이 향상되었습니다. 이런 저와는 다르게 자기계발서 한 권을 두고 한 달 넘게 읽고 있는 이들도 있습니다. 반대로 100권 독서 챌린지, 1년에 1천 권 읽기 등 마치 활자중독자 처럼 책을 어마어마하게 소비하는 분들도 있습니다. 우선 저도 독서 챌린지는 인생에 한 번은 반드시 해야 한다고 생각합니다. 그러나 독서 챌린지는 사실 독서에서 우리가 얻고자 하는 바를 얻기에 좋은 방식은 아닙니다. 챌린지는 일종의 고강도 독서 훈련에 가깝습니다. 챌린지를 한번 끝내고 나면 독서력이 비약적으로 상승하며 성취감도 매우 크고 독서에 대한 부담감이 많이 사라지기 때문이죠. 챌린지를 부작용 없이 달성했다면 이후로는 안정적인 독서 생활을 이어갈 수 있습니다. 예를 들어 한 달에 30권 읽기 챌린지를 통해 무려 30권의 책을 연속으로 읽었다면 독서는 더 이상 두려움의 대상이 아닐 가능성이 크기 때문이죠. 즉 챌린지 독서는 책을 통해서 뭔가를 얻기보다는 독서 능력 그 자체를 향상시키는 것을 목표로 삼아야 원하는 효과를 볼 수 있습니다.

이런 독서 챌린지에는 단점도 있습니다. 챌린지 기간은 어렵고 두꺼운 책을 선택하는데 일종의 부담감, 망설임을 느끼게 만든다는 사실입니다. 리처드 도킨스의 《이기적 유전자》를 하루 만에 읽고 이해할 수 있을까요? 아마 도킨스 본인조차 그렇게 하진 못할 겁니다. 아무리 책을 좋아하고 잘 읽는 사람이라도 수준 높은 책을 깊이 있게 이해하려면 몇 날 며칠이 걸릴 겁니다. 따라서 독서 챌린지 중인 이들에게 수준 높은 두꺼운 책은 선택하기 부담스럽기만 합니다. 따라서 '100일간 100권 읽기' 같은 챌린지는 생애 한 번 정도면 족하고 성공 여부와 상관없이 도전 이후로는 독서 수량에 연연하지 말고 정상적인 독서 방식으로 연착륙해야 합니다.

챌린지는 독서력을 올리는 훈련법 중 하나인 동시에 다독도 할 수 있는 장점이 있지만 반대로 성취 위주의 독서로 빠지고, 챌린지를 끝내고 나면 이후 찾아올 성취도 하락에 따른 도파민 감소로 허무감이 밀려올 수 있습니다. 따라서 저는 독서 챌린지로 '요요가 오지 않는 독서력'을 갖출 필요가 있다고 생각합니다. 소비로서의 독서는 독서 훈련의 하나로 잠깐 시행해야지 독서 성취율을 통한 도파민 충전용 의무적 독서는 진정한 의미의 독서가 되지 못한다는 사실을 절대 잊어선 안 됩니다.

사회 심리학자 에리히 프롬은 소비로서의 독서를 비판했지만, 초보 독서가에게는 눈 훈련과 뇌 훈련을 위한 소비 목적의 독서도 나쁘지 않다고 생각합니다. 저는 이 훈련을 존 스튜어트 밀의 《정의론》으로 시작했으며, 현재도 국내 세계 문학 전집으로 하루 10분씩 매일 진행하고 있습니다. 물론 진정한 독서에 비하면 남는 게 없는 독서법이긴 합니다. 그러나 이렇게 한 번 훈련 겸 통독을 하고 나면 어렴풋하게나마 그 이미지가 남기 때문에 나중에 다시 그 책을 읽을 기회가 왔을 때 훨씬 수월하게 읽을 수 있습니다. 그래서 저는 독서 훈련을 할 때 일부러 어려운 책을 선호합니다. 적어도 완독의 성취감을 얻을 수 있기 때문이죠.

요약하자면 너무 다독에 집착하지 않았으면 좋겠습니다. 운동도 너무 한쪽으로 치우치면 독이 됩니다. 상체 운동을 했다면 하체 운동도 비율에 맞춰야 합니다. 근력 운동을 했다면 그에 상응하는 유산소 운동도 해야 합니다. 운동으로 활성화된 몸을 다시 일상으로 돌려줄 필요도 있습니다. 독서도 독서 기초 체력을 키우기 위한 독서와 힐링을 위한 독서, 그리고 자기 계발을 위한 독서 등으로 다양하게 배분할 수 있어야 합니다. 만일 챌린지를 목표로 두고 있다면 이런 점을 분명하게 인지하시길 바랍니다. 여태까지 빠른 독서를 요구했지만 사실 독서에 지름길은 없습니다. 문제는 여러분의 독서 능력이 마치 어린이 같다는 점입니다. 이 책의 목표는 여러분이 정상적인 속도로 독서할 수 있게 만드는 데에 있습니다. 따라서 2부에서는 여러분이 정상 속도로 독서할 수 있는 10가지 레슨을 준비 했습니다. 거창한 것 하나도 없고 누구든지 따라 할 수 있습니다. 단지 이런 방법이 있다는 사실을 알게 되는 것만으로도 여러분의 독서가 이전보다 빨라질 것입니다.

PART 2

실전 독서 근육 만들기

2부에서는 본격적인 독서 훈련을 해보려고 합니다. 1부에서 독서를 해야 하는 이유에 대해 충분히 설명했고 그로 인해 독서에 대한 중요성을 인지 했습니다. 2부를 통해 실전 독서에 필요한 독서력을 키워보세요. 총 10강으로 이루어진 내용은 초등학생도 따라 할 수 있을 정도의 수준입니다. 만일 여러분이 이번 파트를 한번 따라 한다면 앞으로 독서하는 데 있어 평생 불편함이 없을 것이라 확신합니다.

레슨1

2분 독서

지금부터 10개의 독서법 레슨을 통해 현재의 여러분보다 적어도 2배 이상 빠르게 독서할 수 있게 해드리겠습니다. 이 레슨이 끝나고 나면 앞으로는 마음만 먹는다면 한 달에 2권, 즉 1년에 24권까지는 읽을 수 있게 됩니다. 심지어 이 훈련을 실천하지 않더라도 단지 이 글을 읽고 이 개념을 알게 되는 것만으로도 어느 정도 효과를 보실 수 있습니다. 적어도 여러분의 독서 속도가 느리고 독서할 때마다 졸리는 이유는 알 수 있게 되기 때문이죠. 구미가 당기시나요? 바로 첫 번째 독서 레슨 시작하겠습니다.

여러분 모두 글씨 읽을 수 있으시죠? 지금도 이 책을 읽고 계실 테니 너무 당연한 사실일 겁니다. 그럼, 책은 어떠세

요? 책 한 권쯤 언제든지 읽으실 수 있나요? 있다고요? 글쎄
요. 단순히 글씨를 읽을 수 있는 것과 독서를 혼동하시는 건
아닌가요? 같은 것 아니냐고요? 아닙니다. 이 두 가지는 완
전히 다릅니다. 우리가 독서를 힘들어하는 이유는 글씨 읽는
능력과 책 읽는 능력을 동일시 하기 때문입니다.

읽기는 독서라는 본 게임에 앞선 튜토리얼에 불과합니다.
많은 청소년들이 새로운 게임을 시작할 때 튜토리얼이라는
기본 조작법을 생략하고 바로 본 게임부터 시작합니다. 막상
본 게임에 들어서면 충분히 익힐 수 있다고 여기지만 막상
많은 학생들이 제대로 된 조작법을 모르는 등 기초적인 것을
놓쳐 게임의 질을 떨어트리는 경우를 많이 볼 수 있습니다.
독서가 어려운 이유도 이와 같습니다. 게임에서 '튜토리얼',
'레벨업', '엔드' 콘텐츠가 있듯이 독서도 마찬가지입니다. 우
리는 본 게임에 앞서 마치 게임 패드의 조작법을 익혀 게임
캐릭터가 원하는 대로 움직이게 만들 듯이 책 읽는 눈 근육
키우는 것을 가장 먼저 해야 합니다. 가장 기초적인 눈 훈련
법을 통해 최소한의 눈 근육을 먼저 만든 뒤 독서할지 말지
결정합시다.

제가 제시하는 이 독서 레슨은 대략 100일 정도만 수행하
면 누구든지 평생, 아쉽지 않은 독서 능력을 갖출 수 있습니
다. 책이 재미없어서 안 읽는 것과 독서 능력이 떨어져 못 읽
는 것은 완전히 다른 상황입니다. 잘하는 게임도 질리듯이

독서도 질릴 수 있습니다. 저도 그럴 때가 있거든요. 순수하게 독서가 좋아서, 책이 좋아서 하루 종일 책을 안고 사는 사람들은 생각보다 많지 않습니다. 저마다의 목적이 있기 때문에 독서하는 거죠. 독서는 목적으로서의 가치보다 수단으로써의 효용이 더 큽니다.

학생이라면 '리그 오브 레전드 게임'을 알고 계실 겁니다. 이 게임은 챌린저부터 브론즈 까지 게이머의 실력을 랭크로 나누고 있죠. 어떤 이는 이 레슨이 끝났을 때 독서 챌린저가 될 수도 있고 반대로 브론즈가 될 수도 있어요. 브론즈 수준이라도 괜찮습니다. 적어도 '언랭(랭크 없음)' 보다는 낫지 않을까요? 챌린저 등급은 천재들의 영역이며 가르친다고 획득할 수 있는 등급도 아닙니다. 우리는 마스터도 다이아도 아닌, 골드 랭크 수준의 독서력을 얻는 것을 목표로 합니다. 여러분의 독서력이 브론즈, 혹은 아이언 수준이라면 기분 어떠세요? 저는 기분이 나쁠 것 같습니다.

자신의 랭크가 "브론즈가 뜨면 어쩌지." 하는 불안감에 일부러 배치고사를 보지 않고 일반 게임만 하는 경우도 많아요. 한번 브론즈로 배정받고 나면 치욕적이잖아요? 혹시나 브론즈 낙인이 찍힐까 두려워 시험을 뒤로 미루고 있는 셈이죠. 말로는 언제든지 높은 랭크에 오를 수 있을 것 같지만 생각대로 잘 안 되잖아요? 자, 겁먹지 말고 한번 시작해 봅시다. 이 레슨이 끝나고 나면 최소 독서에서만큼은 골드 랭크를 달성할 수 있습니다. 심지어 실제로 여러분의 랭크를 올리는 데도 도움이 됩니다. 패치 노트를 빠르게 읽고 이해하는 능력도 독서력에서 비롯되기 때문이죠.

우리 모두 달릴 수 있지만 육상 선수처럼 빨리 달릴 수는 없습니다. 달릴 수 있다고 빨리 달릴 수 있는 건 아닙니다. 걷는 건 어떨까요? 모델들이 무대 위에서 잘 걷기 위해 엄청난 노력을 한다는 것 아시죠? 심지어 걷기에도 오래 걷기, 빨리 걷기, 엉덩이에 힘주고 걷기 등 걷는 방법도 다양합니다. 그런데 우리는 일단 걸을 수 있다는 이유로 이 모든 걷기를 당연히 할 수 있다고 여깁니다. 심지어 숨쉬기도 그렇습니다. 감기에 걸려 코 막힌 적 다들 있으시죠? 그럴 때 숨쉬기 편하던가요? 어렵죠? 사우나에서는요? 사막에서 숨쉬기는 어떨까요? 우리는 자연스럽게 터득한 가장 기본적인 인체의 'Auto skill'을 잘하는 것처럼 여기곤 합니다. 그러나 이 모든 것들에도 궁극적으로 도달할 수 있는 경지가 있고 고쳐야 할 나쁜 버릇도 있습니다. 걷기도 숨쉬기도 정말 제대로 하는 건 쉽지 않습니다. 그러나 나쁜 버릇을 눈치채고 최소한 기본은 하겠다는 자세와 노력이 더해지면 훨씬 안정적인 생활을 할 수 있습니다. 저와 함께 할 독서 레슨이 여러분의 독서에서 이런 역할을 할 것입니다.

우리는 글씨를 읽을 수 있다는 사실을 근거로 언제든지 독서도 할 수 있다고 주장합니다. 그러나 현실은 연평균 독서량 4.5권이 현실이죠. 실제로는 저 같은 사람이 1년에 50권 이상 읽으니까 10명 중 9명은 전혀 독서하지 않는다고 봐도 무방합니다. 레슨에 앞서 먼저 각자의 독서 능력이 어느 정도인지 한번 테스트해 보면 좋겠습니다.

독서 능력 자가 테스트

첫 번째, 아무 책이나 한 권 선택하세요. 동화나 만화같이 그림 있는 책은 제외입니다.

두 번째, 타이머를 준비하세요.

세 번째, 타이머를 누름과 동시에 책의 왼쪽과 오른쪽 합쳐서 1장을 처음부터 끝까지 읽으세요.

네 번째, 끝까지 읽었다면 타이머를 정지시키세요.

몇 초 걸리셨나요? 책마다 차이가 있겠지만 문학동네 《세계 고전문학》 기준으로 2분 안에 끝까지 읽었다면 여러분의 눈 근육은 상당한 수준이라고 볼 수 있습니다. 반대로 2분을 넘겼다면 독서에 필요한 눈 근육이 부족한 상태입니다. 쉽게 말해 책 한 권을 완독할 육체적 능력이 부족하다는 뜻입니다. 책이 재미없어서도 아니고 수준이 높아서도 아닙니다. 그냥 여러분의 독서력이 없는 겁니다. 두 다리 멀쩡하다고 산 정상에 오를 수 있는 것은 아니잖아요? 같은 논리입니다. 이 정도 수준에서 독서는 고통입니다. 졸리고 진도도 안 나갑니다. 심지어 무슨 말인지 이해도 안 될 겁니다. 사정이 이러니 세 줄 요약을 찾을 수 밖에 없습니다. 그 정도 눈 근육인 겁니다.

자, 낙심하지 마시고 화내지도 마세요. 당연한 결과입니다. 여러분이 태어나서 한 번도 독서 기술을 익히지 않았기 때문이죠. 이게 바로 이 독서 레슨을 해야 하는 이유입니다. 우리는 초등학교 국어 시간에 말하기, 듣기, 읽기, 쓰기를 익히지만 이것은 고작해야 오늘의 훈련을 시작할 수 있는 능력일 뿐입니다. 그래도 다행입니다. 사실 여러분에게 한글을 가르칠 자신은 없거든요. 공교육 만세!

여러분이 고작 두 페이지 분량의 글씨를 읽기만 하는데 2분 이상 걸린 이유가 무엇 때문일까요? 다양한 이유가 있겠지만 가장 큰 이유는 읽었던 부분을 눈이 놓쳐서 다시 찾기 위해서이며, 그다음으론 이해를 못 해 읽었던 부분을 다시 읽으려는 본능 때문입니다. 이 문제는 눈동자가 지금 읽고 있는 줄 바로 다음 줄의 왼쪽 시작점으로 눈의 초점이 손실 없이 최단 거리로 움직이지 못했기 때문입니다. 눈동자가 필요 이상으로 많이 움직였다는 뜻입니다. 안구가 불필요하게 더 움직였으니 에너지 손실이 발생했고 눈의 피로가 누적됩니다. 눈 근육을 효과적으로 움직였다면 20분 이상 독서할 수 있을 것을 고작 5분만 독서해도 졸리기 시작합니다. 실제로 눈근육을 더 많이 사용했기 때문에 뇌가 피로함을 감지합니다. 많은 책들이 한 줄에 약 25글자, 한쪽에 25줄 내외로 구성됩니다. 그럼 한 장에 대략 1,250 글자가 넘는 거죠. 현재의 여러분은 2분 안에 이 정도 분량의 글을 이해는 고사하고 읽기도 힘들다는 겁니다.

우리의 첫 번째 훈련 목표는 2분 안에 한 장 읽기입니다. 필수 준비물은 독서대와 적당한 책입니다. 기왕에 독서 실력을 올려보려고 마음먹으셨다면 어느 정도의 준비물이 더 필요합니다. 꽤 두꺼운 멋진 책과 독서대, 샤프 혹은 연필과 하이라이터, 마지막으로 아날로그 타이머가 필요합니다. 제가 사용하는 제품들은 다음 레슨에서 이 제품들을 사용하는 이유와 함께 알려 드릴 예정입니다. 훈련용 책은 좀 멋진 책을 보는 걸 추천합니다. 《코스모스》나 《총균쇠》, 《이기적 유전자》 같이 들고만 있어도 모양새 나는 책 말이죠. 이 훈련이 진행되는 동안 반드시 이 책을 완독할 겁니다. 이해 못 해도 좋습니다. 적어도 완독했다는 트로피는 거머쥘 수 있습니다.

실습

첫 번째, 책을 독서대에 올립니다.

두 번째, 타이머를 켬과 동시에 한 장을 쉼 없이 읽습니다. 한 장은 두 쪽입니다.

세 번째, 한 장을 다 읽었다면 랩 버튼을 누르고 타이머를 멈춥니다.

네 번째, 10초 정도 눈의 긴장을 풀어준 뒤 다시 같은 방식으로 한 장 독서합니다.

이 방법을 총 5회 반복합니다. 그러면 총 10쪽을 읽을 수 있습니다. 시간은 빠르면 10분, 늦어도 20분 이내로 완료할 수 있습니다. 이 훈련은 가능하다면 한 달 정도는 해야 합니다. 하지만 너무 기간에 얽매이지 말고 딱 일주일만 하시고 레슨 2로 넘어가겠습니다. 참고로 저는 지금도 매일 10분씩, 이 방식으로 독서하고 있습니다. 이 독서 만으로도 한 달에 한 권을 읽을 수 있습니다.

첫 번째 레슨의 목적은 '책 읽는 눈 만들기'입니다. 이 훈련은 눈동자의 움직임을 책에 맞추는 훈련입니다. 그냥 타임

어택인 셈이죠. 어쨌든 빨리 읽기만 하면 됩니다. 아직은 독서가 아닙니다. 게임 하듯이 반드시 2분 안에 한 장을 읽어내겠다는 목적으로 읽으시면 됩니다.

주의사항

손으로 읽고 있는 줄을 가리키는 것을 추천 드립니다. '페이스 메이커', '페이서', '아이 트래킹'이라는 방식이라고 합니다. 펜을 사용하는 것도 좋지만 반대로 펜이 없을 때 독서 욕구를 반감 시킬 수 있으니 그냥 손가락으로 하세요.

두 번째는 되돌아가 읽었던 부분을 절대로 또다시 읽지 않는 겁니다. 브레이크가 고장 난 자동차처럼 그냥 직진하세요. 킵 고잉. 이해하지 못해도 상관없습니다. 이 시간은 책 읽는 눈을 만드는 게 목적이기 때문에 아직까진 읽었던 내용을 이해하지 못해도 상관없습니다.

세 번째로 이 연습은 기본적인 형태의 책으로 수행했으므로 수능 국어처럼 좁고 긴 지문을 빨리 읽고 싶다면 그에 맞는 양식을 구해서 연습하셔야 그 양식에 맞게 눈이 최적화될 수 있습니다.

10페이지 연속 읽기

　레슨1 에서 우리는 2분 안에 두 페이지 읽기를 통해 책 읽는 눈 만들기 훈련을 했습니다. 이 훈련을 통해 초점성 집중력을 강화할 수 있습니다. 이번 훈련은 10쪽을 쉬지 않고 연속 읽기입니다. 지난 한 주간의 훈련으로 2분 안에 두 페이지를 읽을 수 있는 근육이 생겼다면 이번 목표는 10분 안에 10쪽을 읽는 것을 목표로 합니다. 지난 과제를 일주일간 잘 수행하셨다면 책 두 페이지를 2분 안에 읽게 되셨을 겁니다. 특히 짧은 시험 지문을 빠르게 읽는데 이 방법이 도움이 될 것입니다. 그러나 이 레슨의 최종 목표는 장문의 글인 책을 읽는 것이기 때문에 더 긴 글을 읽을 수 있는 지구력이 필요합니다.

실습

레슨 1에서 진행했던 2분 독서를 쉬지 않고 연속으로 진행합니다. 10쪽을 10분 안에 최대한 빠르게 읽어 내는 것을 목표로 합니다.

처음이라 쉽지 않을 겁니다. 어떤 사람은 10분이 길게 느껴졌을 것이고, 반대로 짧게 느끼는 사람도 있습니다. 읽은 내용을 이해한다면 정말 좋지만 아직은 이해를 포기하더라도 10분 타임 어택에 모든 집중력을 쏟아야 합니다. 눈 훈련을 통한 초점성 집중력 강화 훈련'의 일환이기 때문이죠. 이 레슨이 모두 끝나고 책이 제대로 읽히기 시작하면 10분 독서가 짧게 느껴지는 순간이 올 겁니다. 이 글을 쓰고 있는 지금 저도 한번 진행해 보았습니다. 손에 잡히는 책을 들어보니 박웅현 작가의 《책은 도끼다》라는 책이군요. 두 쪽을 읽는데 약 1분 25초 정도 걸렸고 대략 9분 동안 7번 반복되었으니 14쪽을 읽을 수 있었습니다.

책을 빠르게 읽고 내용을 파악할 수 있다는 건 정보화 사회에서 아주 유리한 위치에 있을 수 있는 능력입니다. 오늘 훈련을 마치고 나면 여러분은 웬만한 정보성 블로그 글이나 기사를 이전보다 더 빠르게 읽게 되실 겁니다. 물론 아직은 이해의 영역까지 도달하진 못했지만, 일주일 전에 비하면 읽기 능력이 많이 상승하셨을 거예요. 전혀 이해가 안 되는데 이래도 되나 싶으실 테지만 믿고 따라와 주세요. 반드시 독서력이 향상될 겁니다. 이 훈련을 끝까지 마치시고 훈련 이전의 여러분보다 두 배 빨리 독서하실 수 있을 거예요.

레슨3
속발음 없애기

　레슨1과 2를 수행하지 않고 그냥 오셨나요? 괜찮습니다. 일단 이 책을 끝까지 읽어보신 다음 실제로 실행할 때 제대로 하셔도 되기 때문이죠. 따라서 우선 이 책을 가능한 한 빠르게 끝까지 읽기에 집중하세요. 지난 두 번의 레슨을 실천하셨다면 14일 동안, 하루 약 10분간 10페이지, 총 140 페이지를 읽으셨을 겁니다. 일명 '벽돌책'으로 유명한 칼 세이건의 《코스모스》가 700쪽 정도이니 벌써 코스모스를 무려 1/5이나 읽은 셈입니다. 대단하죠? 이제 다음 단계로 넘어가겠습니다.

　유튜브에서 독서법을 향상하기 위한 목적으로 가장 많이 검색되는 키워드 중 하나가 바로 '속발음'에 관해서입니다.

속발음이란 글씨를 읽을 때 속으로 섀도잉하듯이 되뇌는 것을 말합니다. 다른 단어로 암송이라고 할 수 있겠습니다. 그리고 이 속발음은 빠른 독서에 큰 방해가 됩니다. 왜 그럴까요? 그 이유를 크게 세 가지로 나누어 알려 드리겠습니다.

첫 번째, 발음이 독해를 방해합니다.

독해란 글이 지닌 의미를 파악하는 것이죠. 문제는 여기서 발생합니다. 독해에서 필요한 국어 능력은 읽기 하나이기 때문이죠. 우리는 유년기에 받은 국어 교육이 체화되어 어떤 글을 읽더라도 발음하는 버릇이 생겼습니다. 개인적으로 저는 적어도 중학생 수준에서 이 버릇을 교정해야 한다고 생각합니다. 이 버릇을 교정하지 않으면 우리는 읽고, 발음하고, 독해하기 순서로 글을 접하게 됩니다. 그러나 좋은 독서는 '**읽고, 독해하고, 사유하기**' 순서로 해야 합니다. 중요한 건 문맥을 파악하고 저자의 의도를 파악하는 거지 문장의 구성과 논리를 따지는 게 아닙니다. 그러나 문장을 읽고 발음하는 것에 더 힘을 주다 보니 어려운 단어와 문장을 만나면 그걸 읽는데 정신이 팔린 나머지 정작 중요한 독해 영역에서 사용할 힘이 남아있지 않게 됩니다. 따라서 효과적인 독서를 위해 읽은 것을 바로 이미지화 시키려는 노력을 해야 합니다. 이미지화는 적어도 우리들이 문장을 독해하는 가장 빠른

은 2분 이내에, 속발음을 하지 않기 위해 숫자를 세며 독서하기입니다. 벽에 붙여두고 독서 전에 한 번 더 되새기면 좋겠습니다. 조금이라도 방심하면 내 눈은 읽었던 곳으로 돌아가려 하고, 어느새 속발음을 하게 될 겁니다. 하루에 10분씩 꾸준히 해보는 겁니다. 10시간도 아니고 1시간도 아니고 고작 10분입니다. 심지어 보너스로 두껍고 유명한 멋진 책을 읽었다는 성취감도 얻을 수 있습니다. 이번 방학에 뭐했냐는 친구의 물음에 "《코스모스》 완독했어." 라고 말해주면 어떨까요? 고작 하루 10분에 말이죠.

속독법의 실체 같은 것은 잘 모르겠습니다. 속독 학원에 가면 별 이상한 트레이닝이 잔뜩 있습니다. 그런 게 효과가 있는지 저는 정말 모르겠더군요. 그러나 하나 확실한 건 있습니다. 그건 바로 여러분의 독서 속도가 느리다는 사실입니다. 이건 명백한 사실이지만 절대 부끄러운 일이 아닙니다. 아무도 알려주지 않았고, 심지어 여러분의 선생님들조차 대부분 자각하지 못하기 때문입니다.

제가 알려드리는 것도 속독법이 아닙니다. 거북이가 뛴다고 빠른 건 아니잖아요? 제가 여러분께 알려드리는 것은 속독법이 아니라 그저 정상적인 속도로 독서하는 법입니다. 속독이니 뭐니 그런 거창한 게 아닙니다. 사실 여러분이 한 살이라도 더 어릴 때 습득해야 했던 기술이지만 아무도 알려주지 않은 영역입니다. 저는 이 책을 통해 여러분의 독서 속도를 정상으로 만들어 드리고 싶습니다. 그래서 같이 독서하고 그 책을 안주 삼아 즐겁게 대화하고 싶어요. 기억나시죠? 골드 레벨. 딱 골드 레벨정도만. 그 이상은 재능꾼들의 영역이니까 무시하세요.

한 달에 딱 한 권, 많게는 두 권. 그래서 1년에 24권. 진짜 멋집니다. 연간 평균 독서량 24권인 국가가 있다? 저는 대한민국이라면 가능하다고 생각합니다. 한국인은 할 수 있습니다. 여러분은 할 수 있습니다. 자, 다음 주까지 목표는 210쪽까지입니다.

레슨4
책 더럽게 읽기

저는 책을 읽으며 군데군데 동그라미를 치거나 줄을 칩니다. 나중에 발췌 및 요약 할 때, 줄 친 부분을 중심으로 다시 봅니다. 고전 문학이나 전문 서적, 혹은 신간 등은 깨끗하게 읽어 새것 상태를 유지하면 알라딘에 좋은 가격에 팔 수 있습니다. 그러나 책에 대해 깊이 빠져보고, 작가의 문장에도 한 번 취해 보고, 작가가 표현하고자 했던 것 혹은 말하고자 했던 것들을 깊이 있게 연구하게 된다면 오히려 그 책을 팔기 싫다는 마음이 생길 겁니다. 되판다는 마음보다는 완전히 내 것으로, 나의 보물로 만들어서 팔 수 없게끔, 그래서 나만의 소중한 책이 될 수 있게끔 만드는 게 훨씬 의미 있지 않을까요?

이렇게 독서할 때 처음엔 샤프를 썼지만, 지금은 연필을 주로 사용하고 있습니다. 제가 애용하는 연필은 심경도 HB 의 〈마스 루모그라프〉라는 브랜드의 상품인데 한국의 위대한 소설가 중 한 분인 김훈 작가가 소설을 쓸 때 사용한다고 합니다. 아직도 연필을 들고 손 글씨로 대작을 써내는 모습에 반해 저도 따라 쓰기 시작했는데 이런 시도가 대가의 마음을 아주 조금이라도 알게 해주는 것 같아 좋더군요. 뭔가 동질감도 느껴지고 말이죠. 유명 연예인의 외모나 패션을 따라 하는 것과 비슷합니다. 여러분도 한번 써보시면 좋겠습니다.

연필을 추천해 드리는 이유는 연필이 샤프보다 가벼워 오래 들고 있어도 책 읽을 때 전혀 방해되지 않고 손에 피로가 거의 쌓이지 않기 때문입니다. 독서에서 가장 중요한 것은 피로하게 만드는 것을 최대한 없애는 것입니다. 공부할 때도 공부보다는 예쁘게 필기하는 것 그 자체에 몰두하는 친구들도 있지만 이는 본연의 목적을 잃는 것이기 때문에 각별한 주의가 필요합니다.

좋은 연필은 한 자루에 천 원이 넘는데, 막상 써보면 굉장히 쓰는 맛이 있어요. 게다가 연필 한 자루는 생각보다 오래 사용할 수 있습니다. 문구라는 게 가격이 조금 올라갈수록 더 쓰는 맛이 있습니다. 물론 조심하셔야 합니다. 연필의 맛에 잘못 빠지게 되면 문구 개미지옥에 빠지게 될 수도 있으니까요(웃음).

새 책을 구매하시면 책을 두르고 있는 홍보용 띠지가 있습니다. 띠지는 독서 할 때 굉장히 방해 됩니다. 처음엔 저도 망설였지만 이제는 가차 없이 버립니다. 띠지는 아무런 가치도 없고 오로지 오프라인 서점에서 구매 직전 소비자 어필에만 필요할 뿐입니다. 책의 단가를 높이는 주범이기도 합니다. 책갈피로 활용하셔도 되지만 그냥 버리세요. 또 어떤 책들은 커버가 있기도 합니다. 책 커버도 띠지만큼 책을 펼칠 때 방해가 되지만 버릴 순 없습니다. 따라서 따로 보관해 두었다가 독서가 끝나고 나면 다시 씌우길 바랍니다. 책 커버 안쪽에 가려진 표지도 상당히 매력적입니다. 이렇게 두 가지 버전을 다 느낄 수 있도록 독서하실 때 커버를 꼭 제거하시길 바랍니다.

　한 번만 읽고 마는 책이 대부분이겠지만 때로는 서평을 쓴다거나, 독서 모임에 참여해 좀 더 깊이 있는 독서가 이뤄져야 하는 경우도 있습니다. 그럴 때는 추가로 하이라이터를 사용합니다. 저는 〈스테들러〉에서 나오는 '트리플 텍스트 서퍼'라는 제품을 세트로 쓰고 있어요. 그리고 서평 작업이나 추가 작업이 끝난 책 같은 경우에는 북마크를 이용해 페이지를 표시합니다. 이 책에서 꼭 기억해야 겠다 싶은 문장 그리고 그 문장을 통해서 질문을 만든 것을 많게는 20개까지 선정해서 바로 볼 수 있게끔 작업 해 둡니다. 어떤 책은 10번 이상 읽는 경우도 있습니다. 또 어떤 책은 굉장히 어려운 용어들이 많이 나옵니다. 특히 사회과학도서 《이기적 유전자》라거나 《넛지》, 《클루지》, 《팩트풀니스》, 《총균쇠》 이런 책들은 상당히 전문적인 용어들이 많이 나오기 때문에 읽으면서 계속 멈칫하시게 될 거예요. 멈칫하는 것까지 괜찮습니다. 그러나 거기에서 독서를 멈추고 핸드폰을 꺼내 검색하게 되면 독서 연결성이 떨어져 버려요. 그래서 독서가 중단 되거나 아니면 다시 독서를 한다고 해도 집중력이 떨어지는 경우가 많으므로 독서의 질이 하락하게 됩니다. 독서라는 행위는 뇌에 집중력과 그 집중력을 유지시키는 항상성을 필요로 하기 때문에 가급적 검색하지 마시고 그냥 쭉 읽어나가셔야 좋습니다. 그렇다면 모르는 단어는 어떻게 할까요? 독서 중에 어려운 단어가 나오면 책 가장 앞쪽 '면지'에 페이지와 함께 단어를 적어 둡니다. 그리고 초독이 끝난 뒤 단어들을 정리합니다. 그만큼 새로운 어휘가 생기게 됩니다. 나만의 단어장이 되는 셈이죠. 그리고 독서를 마치고 나면 그 책을 한 줄 요약해 마찬가지로 가장 앞쪽인 '면지'에 연필로 적습니다. 그러면 그 책을 다시 펼쳤을 때 책에서 새롭게 알게 된 어휘와 이 책에 대한 당시 내 생각을 직관적으로 알아볼 수 있게 됩니다.

저도 책을 많이 아껴 봤던 사람 중 한 명이었습니다. 그러나 지금은 전혀 아끼지 않고 있습니다. 지금의 저는 얼마든지 책을 더럽힙니다. 만약 도서관에서 책을 빌렸다거나, 그럼에도 책을 더럽히는 게 정 힘들다면 '리갈패드' 같은 메모용지를 활용해 보시는 것도 추천 드립니다. 리갈패드와 테이프를 활용해서 면지 쪽에 붙여두시면 됩니다. 마음에 든 문장이 있다면 문장 끝에 살짝 연필로 표시만 하고 그 표시한 페이지를 앞의 인덱스에 기재하는 방법도 추천합니다. 그러면 책도 더럽히지 않고 면지를 잘 활용하게 되어 효과적인 독서를 할 수 있습니다.

　이번 장에서는 책 더럽게 읽기에 대해 이야기해 봤습니다. 학창 시절에는 좋은 필기구를 쓸 필요가 있습니다. 저희 부모님은 제 필기구에 전혀 관심이 없으셨지만 저는 제 조카들에게 좋은 필기구를 마련해 주었습니다. 좋은 연필 한 다스에 1만 원 정도, 좋은 샤프도 1만 원 정도면 구매 가능하니 여러분이 학부모이거나 이모, 삼촌이라면 아이들에게 한번 선물 해주셨으면 좋겠습니다. 그래서 그 필기구로 적어도 이 책을 마음껏 더럽혔으면 좋겠습니다.

레슨5
독서도구

벌써 다섯 번째 레슨입니다. 하루에 10쪽씩 꾸준히 읽었다면 벌써 280쪽까지 읽으셨을 겁니다. 이 레슨도 여러분의 멋진 책도 절반을 넘어섰습니다. 이번 시간엔 독서를 더 잘 할 수 있는 방법을 우리 내부가 아닌 외부에서 찾아보려고 합니다.

별것 아닌 연필 한 자루가 계기가 되어 글씨체를 교정하게 된다거나 글을 쓰게 만드는 동기가 되기도 합니다. 독서를 해야 하는 뭔가 거창한 이유, 독서 실력을 올려야 하는 사명 같은 게 있을 것 같지만 그런 게 아니더라도 '좋아하는 이성에게 잘 보이기 위해서' 같은 지극히 사적인 이유만으로도 그 동기는 충분합니다. 그런 우리에게 사소한 동기가 되어 줄 수 있는 것 중 하나가 바로 효과적인 독서를 위한 독서 도구들입니다.

우리에게 한가지 편견이 있는데 그건 바로 언제든 마음만 먹으면 독서할 수 있다는 겁니다. 그러나 세상 어떤 일이든 그에 따른 정보와 준비물이 필요합니다. 생소한 요리를 하기 위해서 최소한 유튜브 영상 레시피와 조리법 한 번씩은 보잖아요. 걷기와 달리기요? 처음엔 그냥 생각 없이 걷거나 뛰지만 본격적으로 뛰어 보겠다는 마음을 먹었다면 아무리 못해도 달리기에 최적화된 러닝화 한 켤레 정도는 장만하잖아요? 볼링은 어떨까요? 처음 볼링장에 방문하게 되면 하우스 볼이라고 불리는 볼링장에 비치된 공용 볼과 신발을 빌립니다. 그러나 볼링을 제대로 하려면 '마이 볼'을 구매하고 신발, 아대 등 장비를 구비 해야 하죠. 실제로 본인만의 장비를 쓰는 것과 그렇지 않은 상태에서의 운동 효과는 성적에서 크게 차이 나기도 합니다. 흔히들 '돈을 써야 된다.'라고 하잖아요? 돈은 강제력이 되어 하기 싫은 걸 억지로라도 하게 만드는 힘이 있습니다. 그런데 왜 독서는 책만 사면 된다고 생각하는 걸까요? 독서에도 돈을 들여야 합니다. 독서도 공들이고 돈 투자 할수록 더 잘하게 됩니다. 그럼, 독서를 위해 할 수 있는 투자가 어떤 것들이 있어야 하는지 우리 한번 같이 살펴보기로 합시다.

첫 번째는 독서대입니다. 독서대는 손목의 피로를 줄여주고 거북목을 방지 해줍니다. 안락한 소파나 해변가의 비치배드에서 책 읽는 모습을 상상할 수 있지만 최고의 독서 환경은 책상에 앉아 독서대에 책을 올려두고 보는 겁니다. 독서대는 여러 가지 예쁜 제품들이 있지만 딱 하나만 정해드리자면 '나이스 통상 102 제품'을 먼저 구매하세요.

두 번째는 필기구입니다. 필기구는 레슨 4에서도 언급했듯 독서에 필요한 부분을 체크하기 위해 꼭 필요한 도구입니다. 모든 필기구 중에 단 하나만 남겨야 한다면 단연 연필을 꼽을 수 있습니다. 연필도 종류가 많지만 〈스태들러〉의 '마스그라프'와, 〈파버 카스텔〉의 '9000 시리즈'가 좋습니다.

세 번째는 독서 모임 참여하기입니다. '트레바리', '아그레아블', '넷플살롱', '대화상점' 등 다양한 오프라인 북클럽이 있고 독립 서점에서 진행하는 북클럽도 좋습니다. 소모임, 당근 앱을 통해서도 동네에서 진행하는 독서 모임을 찾을 수 있습니다. 독서 모임에 참여하면 독서를 넘어서 인사이트까지 얻을 수 있다는 장점이 있지만 반대로 만남에 무게를 두게 되는 단점도 있습니다. 그러나 독서 자체를 목적으로 하는 모임도 있으므로 독서 모임을 잘 활용하면 책 읽기를 평생 즐거운 취미로 둘 수 있습니다.

이렇게 소소한 투자만으로도 독서의 질이 크게 상승합니다. 독서가 취미라고 여겨지려면 적어도 이 정도는 할 수 있어야겠죠? 실제로 독립 서점 투어를 다니신다거나 독서하기 좋은 카페를 섭렵하시는 분들도 많습니다. 독서를 위한 사소한 투자가 때로는 우리 삶을 완전히 바꾸어 놓기도 합니다.

독서 용품 소개

독서대

나이스 통상, 알파 독서대, 오 독서대 102

https://link.coupang.com/a/bafxo2

곧은나무600

https://link.coupang.com/a/bafw4b

투명독서대

https://www.coupang.com/vp/products/6639224858?itemId=15169

510650&isAddedCart=

연필

마스 루모그라프 HB

https://link.coupang.com/a/bafzeY

파버카스텔9000

https://link.coupang.com/a/bafy05

샤프

그라프1000

https://link.coupang.com/a/bafzG9

하이라이터, 형광펜

마일드라이너

https://www.coupang.com/vp/products/226918055?itemId=719068811&isAddedCart=

트리플러스 텍스트 서퍼

https://link.coupang.com/a/bafACB

라이너

사쿠라 피그마 마이크론 04

https://www.coupang.com/vp/products/162788854?itemId=467517817&isAddedCart=

스태들러 피그먼트 라이너308 04

https://link.coupang.com/a/bafCGQ

만년필

라미 비스타

https://link.coupang.com/a/bafEpV

타이머

타임타이머

https://link.coupang.com/a/bafDg9

메모지

리갈 패드

https://link.coupang.com/a/bafEG2

레슨6
50분 독서 챌린지

 잘 따라오고 계신가요? 저희는 다섯 번의 독서 레슨 시간 동안 2분 독서를 배웠고, 2분 독서를 5번 모아서 10분 독서까지 시작했습니다. 그사이에 속발음 없애는 방법을 알려 드렸고, 추가적으로 책을 조금 더 효과적으로 보기 위해 '더럽게 책 읽는 방법'을 말씀드렸습니다. 책을 더럽게 읽는 방법 다음으로 나만의 인덱스를 만드는 방법을 알려드렸고 그다음에 연필을 사용해야 하는 이유, 형광펜(하이라이터)을 써야 하는 이유, 보조 메모지를 써야 하는 이유와 더불어 독서 도구에 대한 설명까지 드렸죠.

 이번에는 챌린지를 한번 해보려고 합니다. 매주 레슨 1개씩 5주가 지났다면 이제 10분 독서가 익숙하실 겁니다. 다섯 번의 레슨 실습 기간인 5주 동안 10분 독서를 했다면 하루에

10분씩, 35일 동안 10분 독서를 하셨을 테니 무려 350쪽을 읽으셨을 겁니다. 《이기적 유전자》가 630쪽이니 여러분이 이 책으로 독서 레슨을 시작 하셨다면 거의 절반이 넘으셨을 겁니다. 이제 본격적으로 진도를 뺄 시기가 왔습니다. 독서 챌린지는 제가 운영하는 독서 모임에서 6년 동안 호평을 받아 왔고 실제로 6년간 독서 모임을 유지하는 비법이기도 했으니 여러분들도 충분히 해낼 수 있습니다.

독서 챌린지는 60분 동안 진행됩니다. 기본적인 룰은 '50분간 10분 독서를 다섯 번 하고 10분간 휴식하기'입니다. 복잡하게 생각하지 마시고 이 레슨이 알려주는 방식 그대로 따라 하시면 됩니다. 따라 하다 보면 자연스레 자기만의 방식을 가지시게 될 거예요. 자기만의 방식으로 바꾸려면 우선, 기준이 되는 방식이 필요하니 우선 이 책의 방식을 익혀 기준으로 삼으시면 됩니다. 챌린지 방식으로 독서를 하게 되면 하루에 50~70쪽을 읽게 됩니다. 독서 챌린지를 주 1회만 해도 남은 4주 동안 그 어렵다던 《이기적 유전자》를 완독할 수 있습니다.

그간 독서가 잘 되던가요? 5주 정도가 되면 슬슬 책의 내용을 조금씩 이해해 가면서 읽게 되셨을 것으로 생각해요. 단순히 읽기 위한 목적을 넘어섰을 겁니다. 그러다 보면 자연스럽게 속도가 떨어질 거예요. 그래도 지금까지의 방법을 계속 이어가려고 노력해야 합니다.

저 같은 경우엔 기억해야 할 것들을 메모해서 꼭 벽에다가 붙여 놓습니다. 그래서 고개를 들 때마다 메모를 보고 각인시키려고 노력합니다. 사람은 망각의 동물이기 때문에 지속적으로 노출시키지 않으면 곧바로 잊게 됩니다. 앨빈 토플러는 "인간의 문제는 공부하고 잊었는데 다시 공부를 안 하는 것이다."라고 했습니다. 독서도 그렇습니다. 한 번 읽었다고 그 책이 끝나는 게 아니고 또 읽고 또 읽는 것이죠. 그래야 보다 완전한 내 지식으로 만들 수 있습니다.

여러분이 책을 많이 읽고, 또 잘 읽는다고 생각하신다면 제가 알려드린 독서법이 아닌 다른 방법을 쓰셔도 무관합니다. 하지만 여러분이 한 달에 책 한 권 내지 두 권 정도 읽는 정도라면 제가 알려드리는 방법을 비판 의식 없이 해보시면 좋을 것 같아요. 다시 말씀드리지만 읽었던 책은 또 읽는 게 더 좋습니다.

《이기적 유전자》를 이 책의 독서 레슨 교재로 한 번 완독했다면 두 번째 읽을 때는 보름도 걸리지 않을 겁니다. 실제로 보름, 아니 적어도 일주일 안에는 다 읽으실 수 있고 심지어 그 일주일 동안 보다 심층적으로 책을 읽게 되실 겁니다. 그리고 세 번째 읽을 때는 하루 또는 이틀 정도의 파격적인 속도로 완독할 수 있게 될 겁니다. 어느새 한 달 동안 독서

했던 것은 잊어버리게 될 거고 우리 기억 속에 남아 있는 건 "내가 이틀만에 책을 다 읽고 정리 하네?" 와 같은 뿌듯한 기억이 남아 있을겁니다. 저 같은 경우에는 50분 독서를 거의 매일 실천하는 편입니다. 10분 독서는 반드시 하고 50분 독서는 가급적 합니다. 그 두 번의 독서 시간 동안 똑같은 책을 읽느냐, 그렇지는 않습니다. 10분 독서는 가급적 고전을 읽는 편입니다. 특히 〈민음사〉의 세계문학 전집과 〈문학동네〉의 세계 고전들 읽으며 문학적 감수성을 키우는 쪽으로 독서하는 편이고, 50분 독서는 지적 성장을 위한 도서 위주로 스스로 큐레이팅하고 있습니다.

자, 이제 여러분의 시간입니다. 이번 한 주간 가능하면 현재 챌린지 중인 책을 완독해 보시길 바랍니다. 응원하겠습니다.

레슨7
세 줄 그리고 한 줄

북클럽을 진행하면서 가장 많이 언급되는 불만이 바로 '읽었던 내용이 기억 나지 않는다.'라는 사실입니다. 힘겹게 완독했는데 도대체 무슨 내용인지 기억이 안 난다니 너무 속상하잖아요? 여러분들도 그런 경험 다 가지고 계시죠? 저 또한 그랬습니다. 솔직히 지금도 그렇습니다. 2018년 처음 북클럽에 참여하고 지정 도서를 주제로 토론하는 날이었습니다. 어렵게 지정 도서를 완독하고 토론에 참여 했는데 책 내용이 어렴풋이 기억은 나는데 다른 사람들에게 조리 있게 설명하진 못하겠더군요. 나름으로 열심히 독서했다고 생각했고 또 재미있게 읽었는데도 말이죠. 왜 그랬을까요?

그날 이후로 독서를 독하게 해야겠다고 마음먹었습니다. 기존의 독서법에 변화를 줘야겠다고 다짐했죠. 그날을 기점

업시대》의 작가는 누구일까요? 3초 드리겠습니다. 바로 괴테입니다. 만일 맞추셨다면 해설을 먼저 읽지 않으셔도 좋을 것 같습니다. 내친김에 문제 하나 더 내보겠습니다. 3초 만에 대답하시면 성공입니다. 세계 1차 대전은 언제 시작하고 언제 끝났으며, 2차 대전은 언제 시작하고 언제 끝났나요? 정답은 1914년~1918년, 1939년~1945년입니다. 19세기 이후 많은 고전이 탄생했는데요. 특히나 1, 2차 세계 대전을 사이에 두고 언제 출간되었느냐에 따라 책의 색채나 함의가 완전히 달라집니다. 예를 들어 헤르만 헤세의 대표작의 발행 연도를 보면 《수레바퀴 아래서》 1906년, 《데미안》 1919년, 《싯다르타》 1922년, 《유리알 유희》 1943년 입니다. 그리고 1945년 2차 세계대전 종전 후 1946년 노벨 문학상을 수상합니다. 언제 출간 되었느냐에 따라 작품의 무게도 달라지고 작가의 세계관이 달라져 전혀 다른 사람의 글이 되기도 합니다. 이념이 바뀌어 전쟁 전후로 완전히 작가 자체가 다른 사람이 되기도 합니다. 따라서 책의 출간 연도에 따라 작가를 대하는 태도를 달리해야 합니다. 우리가 해설과 연표를 먼저 확인해야 하는 이유입니다. 최소한의 심상과 스키마를 남기는 작업이기도 하니 작가 연표와 해석을 보는 것은 꼭 선행되어야 합니다.

이렇게 독후감 형식을 발전시키며 한 가지 인사이트를 얻게 되었습니다. 그건 바로 세 줄 요약과 한 줄 요약이 독서를 완료하는 데 대단히 큰 역할을 한다는 점입니다. 이 요약법은 제가 아는 한 책을 효과적으로 기억하는 가장 빠르고 손쉬운 방식이라는 것을 깨달았습니다. 책마다 담고 있는 정보의 양이나 형식이 다 다르기 때문에 하나의 형식으로 리뷰를 작성하는 건 쉽지 않은 일입니다. 저처럼 책 좋아하는 사람이 아니라면 더더욱 그렇죠. 그러나 거의 모든 사람들이 거부감 없이 선호하는 글 형식이 바로 세 줄 요약이었습니다.

어떤 글이든 조금이라도 길게 느껴진다면 일단 스크롤을 가장 아래로 내려 세 줄 요약부터 찾는 게 현대인의 습관이 되어 버렸습니다. 블로그 제목에 세 줄 요약 포함이라고 적으면 평소보다 조회수가 더 올라가기도 합니다. 제가 최근 읽은 무라카미 하루키의 《도시와 그 불확실한 벽》 세 줄 요약을 한 번 같이 살펴보시죠.

세 줄 요약

1. 1부를 읽기 힘들어하는 분들이 많았다.
2. 환상 문학보다 현실적이고 납득 가능한 이야기를 좋아하는 사람들이 많다.
3. 그럼에도 이 책은 생각해 볼거리를 많이 던져준다.

한 줄 요약

청춘에게 건네는 따뜻한 위로. 벽인 줄 알았는데 알고 보니 문이었다.

세 줄 요약은 감상을 적었고, 한 줄 요약은 추천사를 적었습니다. 내용은 뭐든 상관없습니다. 일관성이 없어도 괜찮습니다. 이렇게 세 줄로 책을 정리하면 그 책에 대해 전반적인 내용을 기억하실 수 있어요. 그리고 한 줄로 책을 요약하면 누가 그 책에 대해 물었을 때 그 책에 대해 매우 품위 있게 알려 줄 수 있는 거죠. 예를 들면 이런 것입니다.

"정우 씨, 괜찮은 책 한 권 추천해주세요"

"네, 혹시 문학작품도 괜찮으시다면 제가 최근 읽었던 무라카미 하루키의 《도시와 그 불확실한 벽》 추천해 드릴께요."

"일본 문학인가요? 좀 망설여 지는데, 어떤 책이에요? 읽을 만 한가요?

"그럼요. 책이 3부로 나누어져 있는데 솔직히 '1) 1부는 조금 난해하니까 미리 감안 하시고요.' '2) 2부부터 읽는 재미가 쏠쏠한데 하루키 문학의 특징답게 현실과 환상을 넘나드는 말 그대로 환상적인 책이에요.' '3) 그걸 좀 어려워하시는 분들도 있지만 그 안에 담겨있는 작가의 따뜻한 위로와 안식이

듬뿍 담겨 있어요.'"

"그렇게 말씀하시니 정말 읽어보고 싶어지네요."

한 마디로

"이 책을 읽고 나서 거장이 건네는 따뜻한 위로가 느껴졌어요."

라는 식으로 책을 소개할 수 있게 되는 거죠. 즉 어떤 책을 읽고 나면 다른 사람들에게도 소개할 수 있게 스스로 세 줄 요약과 한 줄 요약을 하는 겁니다. 중요한 건 '요약'이라는 단어에 얽매이지 않는 겁니다.

이렇게 자신만의 요약을 하려면 책을 한 번 더 들춰봐야 할 거예요. 그러려면 책을 두 번 보는 용기가 필요하잖아요. 제 레슨을 잘 따라오셨다면 이젠 용기가 아니라 당연히 해야 할 방법으로 인식하게 되셨을 겁니다.

한번 정리해 볼까요. 독서할때는 이 책을 소개한다는 마음으로 읽으시고 이를 위해 '세 줄 요약과 한 줄 요약'을 하는 겁니다. 요약이라는 단어에 얽매이지 마시고 가능성을 열어두세요. 그냥 세 줄 적는 거고 한 줄 적는 겁니다. 이렇게 하는 것만으로도 이전보다 읽었던 책을 보다 더 잘 기억하게 되실 겁니다.

레슨8
3회독의 필요성

이번 시간에는 같은 책을 세 번 읽어야 하는 이유와 세 번 읽는 방법에 대해 알려 드리려고 합니다.

제가 이 책을 쓰는 이유, 그리고 독서를 열심히 하는 이유는 많은 책들이 성공의 최고 요소를 꼽는 '실행'을 실천하기 위해서입니다. 실행을 통해서 잘 되고 잘 살아 보려고 하는 거죠. 잘못되려고 독서 하는 사람은 없습니다. 그런데 아무리 독서를 해도 나아지는 게 없는 분들이 있습니다. 원인이 뭘까요? 그 원인은 심리학자 에리히 프롬의 저서 《우리는 여전히 삶을 사랑하는가》에 잘 나와 있습니다.

그저 받아들이는 수준에서 멈추지 않고 내 안에서 무언가 깨어나고 새로운 생각이 떠오르도록 책을 읽을 수도 있다. 그러면 나는 그 책을 실제로 읽는 것이고, 책을 읽고 난 나는 달라진 인간이다. 책을 읽고서도 내가 똑같은 사람이라면 그 책이 아무짝에도 쓸모가 없거나 내가 아무짝에도 쓸모가 없는 것이다. 다시 말해 나는 그 책을 그저 소비한 것이다.

이 문장처럼 우리가 그저 책을 소비했기 때문입니다. 프란츠 카프카는 이런 말을 했습니다.

한 권의 책은
우리 안의 얼어붙은 바다를 깨는 도끼여야 해.

책 읽기를 좋아하는 사람은 이 경험을 적어도 한 번씩은 한 사람들입니다. 그러나 아무리 책 읽기를 좋아하는 사람일지라도 조금만 방심하면 책 소비자로 전락해 버리기도 합니다. 책을 더 읽어야 한다는 압박감이 생기기 때문이죠. 특히 단시간 독서 챌린지를 하시는 분들이 그렇습니다. 하루에 1권, 100일간 100권의 독서를 하면 어떤 점에서 성장할까요? 저는 이 부분에 참 회의적인 입장입니다. 하루에 한 권을 읽어야 한다는 압박감은 결국 쉬운 책을 선택하게 할 가능성이 커진다는 뜻이거든요. 100권을 소비했다는 만족감과 성취감을 빼면 실제로 도끼 같은 역할을 했던 책이 얼마나 될까요.

물론 쉬운 책 중에도 좋은 책이 너무 많습니다. 《부자아빠 가난한 아빠》, 《돈의 심리학》, 《역행자》 같은 책들은 하루에 한 권씩 충분히 읽을 수 있으면서 쉽기 까지 한 대표적인 책입니다. 그러나 이런 책들조차 내 것으로 만들려면 지난 레슨에서 알려 드렸던 세 줄 요약과 한 줄 요약 정도는 해야 합니다. 독서에서 필요한 건 도끼지 성취감과 만족감이 아닙니다. 그래서 저는 되도록 많은 책을 읽기보다 한 권의 책이라도 확실히 내 것으로 만들 수 있는 3회 독을 추천해 드립니다.

3회 독은 어렵습니다. 이번 레슨부터는 장난이 아니에요. 대신에 획기적으로 독서력이 깊어질 것입니다. 생각해 보세요. 저는 애초에 독서가 장난이 아니라고 말씀드렸습니다. 큰맘 먹고 한 독서라면 뭐가 남아야 합니다. 안 남을 거면 무엇하러 독서하나요.

그럼 3회 독은 어떻게 하느냐? 그 방법을 알려 드리기에 앞서 중요한 것이 하나 있습니다. 그건 바로 3회 독을 시도하기에 앞서 반드시 이전 독서 레슨을 충분히 수행해야 한다는 사실입니다. 1회 독이 버거운 이상 3회 독은 불가능합니다.

독서법은 여러 가지가 있습니다. 속독, 정독, 발췌독, 탐독 등등 어떻게 이름 붙이느냐에 따라 더 다양해집니다. 여러 가지 독서법 가운데 3회 독의 첫 번째 독서법은 바로 속독입니다. 빠르게 단어 위주로 훑어가는 겁니다. 뷔페에 가서 뭐가 맛있나 살펴보는 거죠. 그렇게 이 책의 견적을 뽑는 게 첫 번째입니다. 이렇게 빠르게 1회 독을 마치면 이 책이 깊이 읽을만한 가치가 있는지 훨씬 수월하게 파악할 수 있습니다. 여러분과 저의 차이는 첫 번째 독서에 들이는 힘의 차이입니다. 이 책이 내게 맞는 책인지 아닌지도 모르면서 처음부터 너무 깊이 있게 다가가려고 할 필요가 없습니다. 첫 번째 독서의 핵심은 문맥 탐색이라는 점을 꼭 기억합시다.

3회 독의 두 번째 독서법은 정독입니다. 같은 책을 두번 째 읽는다는 건 이 책이 내게 도끼가 될 가능성이 있으니 정독할 가치가 있다는 걸 인정하는 겁니다. 이때부터는 문체도 탐닉하면서 작가의 의도를 파악하려고 노력해야 합니다. 이미 초독을 통해 대략적인 지도가 그려져 있기 때문에 정독하더라도 독서 속도가 빠릅니다. 초독에 표시해 둔 부분과 비교해 가며 새로운 표시를 남기거나 추가 의견을 책에 메모하기도 합니다. 제 독서법으로 독서를 진행했다면 처음부터 정독을 시작한 분들 보다 빠른 속도로 2회 독을 마치게 될 겁니다.

3회 독의 세 번째 방법은 발췌독입니다. 이전 2회 독에서 체크하고 줄 그은 부분 위주로 정리하는 단계입니다. 이 단계에서 세 줄 요약을 준비합니다. 지난 레슨에서 알려 드렸던 세 줄 요약과 한 줄 요약으로 책을 마무리 합니다.

이 정도만 하셔도 훌륭한 독서가 되지만 여기서 한 번 더 나아가고 싶다면 줄 그은 문장을 필사하거나 타이핑해서 기록으로 남기는 방법도 있습니다. 더 나아가 그 문장을 바탕으로 질문을 만들어볼 수도 있습니다. 질문은 언제 어디서든 두고두고 사용할 수 있으며 질문 자체가 핵심적인 통찰을 제공하기 때문이죠.

이렇게 작성한 감상문과 요약과 질문들을 잘 모아서 디지털 형태로 저장해 보세요. 네이버 블로그는 저의 작은 도서관이자 기록 보관소가 됩니다. 인터넷 속에 디지털 형태로 정보를 저장하는 것을 '아카이브'라고 부릅니다. 이제 이 단계에서 여러분은 각자의 블로그를 가지시면 더욱 효과적으로 독서 기록을 보관할 수 있습니다. 영상으로 만들어 유튜브에 업로드 할 수도 있습니다. 훌륭한 '북튜버'가 되어 많은 팬들을 얻게 될지도 모를 일입니다. 그렇게 인지도를 얻거나 더 나아가 작가가 될 수도 있습니다.

과연 속독은 어느 정도의 속도로 읽는 것을 말할까요? 정답은 '기준이 없다.'입니다. 속독의 정의는 상당히 주관적입니다. 영화 〈굿 윌 헌팅〉에서 주인공 맷 데이먼은 심리 상담사의 두꺼운 논문을 고작 몇 초 만에 책장을 빠르게 훑어보는 정도로 심리 상담사의 감춰진 성적 취향까지 찾아냅니다. 이 정도 되어야 속독일까요? 사실 이 정도는 속독을 넘어 신급 능력이라고 봐야 합니다. 속독법 학원에서는 속독을 규정하는 단어 수가 있지만 누구나 쉽게 달성할 수 있는 수준은 아니더군요. 저는 1분에 1쪽 정도 읽는 정도면 매우 만족스러운 수준이라고 봅니다. 최근 출간되는 에세이는 200쪽 정도의 분량이 많습니다. 그렇다면 200분, 세 시간 20분이면 완독할 수 있습니다.

첫 번째, 속독으로 빠르게 스캔한다.

두 번째, 정독, 탐독하며 기록하고 메모한다.

세 번째, 발췌독으로 책을 요약하고 독서를 마무리한다.

그리고 '이 모든 걸 디지털 형태로 기록으로 남긴다.'까지. 이렇게 한 달에 한 권씩 딱 12권만 읽으시는 거예요. 가능하다면 한 달에 두 권이면 좋겠습니다. 저는 한국인들이 한 달에 책 두 권 정도 읽었으면 하는 바람이 있습니다. 교육부도 문체부도 못 하는 걸 제가 할 수 있을지 모르겠습니다만 큰 꿈을 한번 품어볼까 합니다. 그러기 위해선 이 책을 읽고 계신 여러분들의 노력이 필요합니다. 그것은 다름 아닌 이 책을 다른 분들께도 추천하는 겁니다. 부탁드립니다.

레슨9
몰아 읽기

오늘 레슨은 아주 중요합니다. 독서의 하이라이트, 독서의 목적이라고 할 수 있습니다. 많은 부자들과 기업가, 자기 계발 독서가들이 반드시 언급하는 아주 중요한 방법입니다. 그건 바로 '분야별로 몰아 읽기'입니다.

과거 1년에 대여섯 권 정도 읽던 시기였어요. 무라카미 하루키의 《1Q84》를 읽었습니다. 이 책은 3권으로 구성되어 있는데 권마다 600쪽 정도로 분량이 많은 책입니다. 이 책을 다 읽고 난 후 다음 책으로 여행 관련 도서를 읽었고 그다음 뜬금없이 양자역학에 관한 과학 도서를 읽었습니다. 그리고 심리학 책을 한 권 읽고, 이어서 에세이를 읽었던 게 생각나네요. 제 나름대로는 의도적으로 장르를 분배하는 전략을 짠

것이었습니다. 장르의 다양성을 확보하기 위한 큐레이션, 나름의 큰 그림이었죠. 그러나 이런 독서법은 좋지 않은 독서법입니다. 소설이나 에세이는 힐링 독서니까 따로 구분하진 않아도 되지만 심리학이나 과학 같은 전문 분야는 그에 맞는 배경지식과 어휘에 익숙해지는 데 시간이 제법 걸리거든요. 그 배경지식과 어휘에 적응되려면 같은 장르의 책들로 반복 숙달시킬 필요가 있어요. 심리학에서 '심상, 스키마'라고 일컫는 배경지식과 어휘를 쌓는 과정이죠. 우리가 접하는 책들은 대부분 대중 도서이기 때문에 다소 어려운 책이라 하더라도 조금만 애쓰면 얼마든지 완독할 수 있습니다.

공부 잘하는 학생들을 보면 시험 기간에 하루에 한 과목씩 정해 그 과목을 한 번에 몰아서 끝내는 걸 볼 수 있습니다. 오늘은 영어, 내일은 수학 이런 식으로 말이죠. 그렇지 않은 학생들은 하루에 영어 1시간, 수학 1시간 이런 식으로 여러 과목을 조금씩 나누어 공부하는 모습을 확인할 수 있습니다. 차이점이 느껴지시나요? 영어 공부를 하고 있는 뇌를 갑자기 수학으로 바꾸면 뇌가 느끼는 스트레스가 상당합니다. 이렇게 화제를 바꾸는 것만으로도 피로도가 쌓이게 됩니다. 비효율적이죠.

우리가 한 분야를 제대로 인식하기 위해서는 스스로 납득될 때까지 그 분야만 읽어야 한다는 뜻이에요. 정복도 아니고, 완성도 아니고 슬슬 알아들을 정도는 돼야 합니다. 진짜 신기한 건 아무리 어려운 분야도 몰아서 읽어나가다 보면 슬슬 무슨 말을 하는지 알게 되더라는 거죠.

어려운 단어의 뜻을 그전 책에서 알게 되고, 슬슬 어려운 문장도 익숙해지며, 문맥이 잡히기 시작합니다. 따로 공부하지 않아도 같은 분야의 책을 몰아 읽는 것만으로도 가능해요. 심지어 단어의 뜻을 따로 찾지 않았음에도 대충 무엇을 뜻하는지 알게 되는 경우도 많습니다. 물론 이렇게 되려면 최소 3권에서 5권, 많게는 10권까지 몰아 읽기를 해야 합니다. 진짜 '찐독서인들'은 10권씩도 몰아 읽습니다.

유명하지만 두껍고 어려운 책 중에 하나인 마이클 샌델의 《정의란 무엇인가》의 경우 일반인들은 저자의 의도를 파악하기가 솔직히 어렵습니다. 하버드 학생들도 어려워하는 강의 내용을 발췌한 이 책을 한국의 일반인이 쉽게 이해하긴 힘듭니다. 그러나 이 책을 이해 못 해도 마이클 샌델에게 영향을 준 사람이 존 롤스라는 사실 정도는 책을 통해 알 수 있습니다. 따라서 다음 책으로 존 롤스의 《정의론》이라는 책도 보고, 이어 존 스튜어트 밀의 《자유론》이라는 책도 보고, 유튜브를 통해 이와 관련된 내용의 쉬운 강연이나 해설 영상을 찾아 듣다 보면 이 책들이 무슨 이야기를 하는지 대강 알게 되는 순간이 찾아옵니다. 파편적인 지식이 합쳐지는 순간입니다. 이렇게 분야별로 한 번씩 몰아 읽기를 하고 나면 전 분야에 걸쳐 뭔가 한번 통달한 그런 기분이 들어요. 그렇기 때문에 연관성 있는 책을 묶어서 보는 전략을 써야 합니다. 1년 동안 한 개의 분야만 읽으셔도 되고 반기별 혹은 분기별로 정하셔도 좋습니다.

그렇다면 몰아 읽기 책 선택은 어떻게 하느냐?, 아주 간단합니다. 온라인 서점의 '장르별 도서'나 유튜브의 유명 독서 채널을 이용하는 겁니다. 책을 선별하고 추천해 주는 사람을 '북 큐레이터'라고 합니다. 특히 제가 생각하는 최고의 북 큐레이터를 꼽자면 바로 온라인 서점입니다. 온라인 서점 홈페이지에 들어가는 것으로 고품질 무료 북 큐레이팅을 받는 효과를 기대할 수 있습니다. 오프라인 독립 서점도 좋습니다. 새 책도 좋고, 별의별 중고 책이 다 있는 '알라딘'도 좋습니다.

여러분이 지금 당장 생각나는 가장 유명한 책을 한 권 떠올려 보세요. 《사피엔스》, 《정의란 무엇인가》, 《데미안》, 《코스모스》 등 제가 계속 언급했던 책들도 있습니다. 이 중에서 소설과 에세이, 시집은 제외입니다. 문학 분야는 항상 읽어야 하는 장르이기 때문이죠. 천천히 여유를 가지고 말입니다. 몰아 읽기의 책 사이에 두고 힐링하듯 읽으세요. 여러 분야 중 하나를 꼽으라면 여러분의 경제적 상식의 틀을 깨트리는 책을 가장 먼저 읽는 걸 추천하고 싶네요. 여러분이 알고 있다고, 정답이라고 여기는 경제적 편견을 깨트려주는 그런 책들이요. 그럼 사회과학이 첨가된 재테크, 경제, 금융 자기

계발서가 좋겠네요. 저는 《부자아빠 가난한아빠》, 《역행자》, 《돈의 심리학》, 《돈의 속성》 등이 떠오르네요. 뭐든 좋습니다. 온라인 서점을 이용해 지금 당장 찾아보시길 바랍니다.

주의 사항

마이너 감성을 가지신 분들이 있습니다. 이런 분들은 대세를 피하려는 경향이 있습니다. 남들과 다른 취향을 가지고 싶은 건 이해합니다. '마이너 한 것'만으로 특별해지는 그런 기분을요. 그런데 진짜 마이너를 즐기려면 우선 메이저가 무엇인지 알아야 합니다. 메이저와 마이너를 명확하게 구분하고 마이너만의 진정한 감성을 찾아내는 것, 그렇게 보석을 발견 해내는 것이 진정한 마이너 감성이라고 볼 수 있습니다. 그런데 그것도 구분 못 하면서 마이너라고 하는 건 그냥 '찐따'라고 생각합니다. 혹은 자신이 메이저가 되지 못함을 인정하지 못하고 그런 자신의 '찐따스러움'을 마이너 감성으로 포장하는 거죠. 진짜 마이너들은 그 어떤 메이저들보다 메이저를 잘 알아요. 적어도 독서만큼은 마이너 감성을 내려놓고 베스트셀러, 스테디셀러를 먼저 읽으시길 바랍니다.

레슨10
하루 한권 챌린지

레슨 9까지 레슨 내용을 실천하셨다면 여러분의 독서력은 이전과 비교할 수 없을 정도로 올라갔을 것이라 확신합니다. 마지막 레슨은 레슨 1부터 9까지 모두 합친 미션입니다.

Putting it all together

저의 독서력이 크게 상승한 적이 있었습니다. 그때가 언제냐면 단 하루 만에 책을 한 권 완독했을 때였습니다. 그날은 토요일이었고 1년간 준비했던 자격증 시험이 끝난 직후였습니다. 자격증 공부를 했던 스타벅스 한 켠에 앉아 늘 시키던 오늘의 커피와 조각 케이크를 다시 한번 주문했습니다. 이날 읽었던 책은 무라카미 하루키의 에세이 《저녁 무렵에 면도

글쓰기에 관한 짧은 이야기

에세이, 수필이라 하면 개인적 사유뿐 아니라 삶의 철학과 이에 대한 통찰도 담겨 있어야 하며, 문장도 미려해야 합니다.

혹시 글을 써본 적 있나요? 저의 첫 글쓰기 연습은 일기였습니다. 초등학교 방학 숙제로 매일 일기를 써야 했죠. 당시 많은 아이들이 개학을 하루 앞두고 몰아서 일기를 쓰곤 했습니다. 이상하게도 저는 규칙적으로 꾸준하게 일기를 쓰는 아이였습니다. 저는 글쓰기가 좋았습니다. 그렇게 저의 글쓰기가 시작되었지요. 글을 잘 쓰고 못 쓰고는 나중 문제로 두고, 일단 쓰는 것 자체가 좋았습니다. 카페에 앉아 누군가 열심히 공부하는 모습, 책 읽는 모습, 뭔가 끄적이고 있거나 쉬지 않고 타이핑하는 모습은 지금 봐도 매력적입니다. 그런 모습을 모두가 멋있다고 생각하진 않지만 저는 이상하게도 그런 것에 먼저 눈이 갑니다. 뭔가를 좋아하고 있는데 그 이유를 잘 모른다면 아마도 그게 멋있기 때문이 아닐까요. 멋있다는 이유 하나면 대부분의 끌림이 납득 되니까요.

노트북을 사용하고부터는 글쓰기를 더 열심히 하게 되었습니다. 펜글씨는 아무래도 손에 무리가 많이 갑니다. 지금은 고쳐졌지만, 손에 땀이 많이 나는 다한증으로 꽤나 고생했습니다. 그때는 손 글씨를 쓸 때 따로 손바닥에 종이나 손수건을 두고 글을 써야 했습니다. 그렇지 않으면 종이가 젖어버리기 때문이죠. 따라서 A4용지 한 장을 손 글씨로 가득 채우는 건 쉽지 않은 일이었죠. 그러나 노트북이 생기고 나서부터는 언제 어디서든 A4용지 1매 분량의 글을 거뜬히 쓸 수 있게 되었습니다. A4용지 1장안에 폰트는 함초롬바탕체, 글씨 크기는 10pt, 행간 160% 기준으로 삼으면 공백 포함 2,000자, 공백 미포함 1,500자 정도의 글이 담깁니다. 200자 원고지로 따지면 7매, 글자 수 1400자 분량이죠. 이렇게 하루 한 장씩 에세이를 쓴다고 가정하면 매해 에세이집을 출간할 수 있습니다.

우리말로 글을 쓸 땐 반말과 존댓말도 구분해야 합니다. 글을 쓸 때 기준을 명확하게 두지 않으면 같은 글에서 반말과 존댓말을 혼용하게 됩니다. 반말은 사적이며 친밀감이 느껴지며, 존댓말은 공적이고 격식있게 정보를 전달하는 느낌을 줍니다. 그렇기 때문에 글을 쓸 때 미리 반말로 할지 존댓말로 할지부터 정해야 합니다. 생각 없이 글을 쓰게 되면 반말과 존댓말이 왔다 갔다 하게 됩니다. 저도 최근에야 의도를 담아 리뷰글은 존댓말, 여행기는 반말로 구분해서 쓰게 되었습니다. 어쩌다 자연스레 찾아온 깨달음인데 읽었던 책들과 제 글들을 다시 살펴본 덕분일 겁니다. 이렇듯 의도 없이 글이 글을 쓰다 보면 나중에 글을 고쳐 쓸 때 많이 고생하게 됩니다.

제 글쓰기는 블로그 덕분에 성장하기 시작했습니다. 제 블로그는 전체 방문자 수가 70만이 넘고 전체 발행 글도 700개나 되지만 이웃 수가 고작 640명 정도밖에 되지 않습니다. 제 블로그는 글씨가 너무 많아서 인기가 없습니다. 블로그를 찾는 사람들은 짧고 굵은 정보를 원하는 게 보통이기 때문에 그들의 욕구에 최적화되지 않았죠. 게다가 이웃 방문 같은 소통도 하지 않았습니다. 소통의 부재와 최적화의 부재는 좋은 블로그를 만드는 데에는 좋지 않은 조건이죠. 이와 반면에 소통과 마케팅은 목적이 있는 글쓰기를 반드시 수반해야 합니다. 20년 가까이 순수 음악가를 추구했던 저는 대중음악으로 먹고 사는 게 참 싫었습니다. 그래서 대중의 욕구와 필요에 아랑곳하지 않고 나만의 글을 썼습니다. 일명, 마이너 감성이죠. 예술가를 꿈꾸는 이들이라면 한 번쯤 겪게 되는 그런 성장통, 일종의 저항을 저도 체험했습니다. 저는 그때의 태도와 감성을 그대로 글쓰기에 적용하는 실수를 범하고 말았습니다. 글이 좋으면 분명 사람들이 찾아와 주겠지 같은 헛된 희망을 품은 거죠. 요즘 세상은 뭐든지 상향 평준화되어 있기 때문에 실력만으론 절대 살아남을 수 없습니다. 그걸 30대 후반에 와서야 겨우 깨달았고 이제서야 이렇게 노력하고 있습니다. 이 글도 그렇습니다. 이제는 잘 하는 건 기본인 세상이 되었습니다.

적어도 하루에 1시간 정도는 엉덩이 붙이고 앉아 책 읽는 것과 마찬가지로 글을 써야 작가라고 할 수 있지 않을까요. 일본의 유명 작가 무라카미 하루키도 시간을 정해놓고 매일 일정한 양의 글을 쓴다고 합니다. 하루키는 하루도 빠지지 않고 매일 5,000자 분량의 소설을 쓰고, 심지어 상업적인 에세이도 따로 쓴다고 합니다. A4용지 4장을 매일 소설로 채우는 셈인데 그럼에도 아직까지 노벨 문학상을 받지 못한 이유는 다른 노벨상 수상자들이 그보다 더 글을 많이 쓰기 때문일까요?

비록 지금은 작가가 아니라 할지라도 어디 가서 글쟁이라고 말할 수 있으려면 하루 한 장의 글은 써야 합니다. 작가라는 증거를 들이밀어야 하는데 작가의 증거는 다름 아닌 글이기 때문이죠. 저는 주절주절 떠들듯이 글 쓰는 건 곧잘 해내는 편이지만 특정한 주제에 두고 집요하게 파고드는 건 매우 약합니다. 김훈 작가처럼 한 인물을 철저히 연구하고 고증하고 연필로 한 땀 한 땀 빚어내는 글쓰기는 평생 엄두도 나지 않습니다. 글쓰기에 전략이 있다는 사실도 최근에야 알게 되었죠. 천재들은 그런 걸 배우지 않아도 배운 사람보다 더 배운 것처럼 쓰는 사람들이더군요. 저도 여러분도 천재가 아니니 이런 책을 통해 배워야 합니다.

  사정이 이렇다 보니 제가 대작가가 된다는 건 꿈도 꿀 수 없습니다. 물론 그럴 마음도 없지만 말이죠. 자리 깔고 앉아 글 쓰고 책 읽는 건 얼마든지 가능하니 이걸로 어느 정도 벌어 먹고살 수 있지 않을까 하는 생각이 조금 들었을 뿐입니다. 글로 조금 벌고, 독서로 조금 벌고, 기타 연주로 조금 벌고, 말하기로 조금 벌고, 유튜브로 조금 벌면 어느 정도 먹고살 만하다는 생각은 드는데 그게 참 쉽지 않습니다. 생각이 딱 부업 수준인데 이제는 이런 안일한 마음을 완전히 고쳐먹었습니다. 조금 벌어 적당히 먹고 산다는 안일함이 지금의 저를 만들었으니까요. 이런 무지성적 부업을 통한 파이프라인 만들기에 대해서는 할 말이 많지만 여기서 할 내용은 아니니 넘어가도록 하겠습니다.

  아무튼 제게 왜, 무슨 이유로 글을 써야겠다는 마음이 일고 왜 예술을 해야겠다는 마음이 생겨난 것인지 지금도 모르겠습니다. 기억은 나지 않지만, 저에게 영감을 주었던 만화책이나 영화가 있었던 건 아닐까요? 이유는 알 수 없지만 다행인 것은 글쓰기가 제 삶에 중요한 무기가 되어 준다는 사실이고 삶을 고찰하는데에, 발전에 큰 도움이 된다는 사실입니다.

여자 친구를 위해 100일 일기를 써서 선물해 줬던 게 기억납니다. 그 시절 모두가 그랬듯 얼굴도 모르는 타지역 여성과 펜팔을 주고받기도 했죠. 항상 조그마한 메모지를 들고 다녔고 생각나는 게 있으면 썼습니다. 그리고 이렇게 컴퓨터 앞에 앉아 보충해서 글을 완성하고 또 고쳐 써서 하나의 작품으로 만들고 있습니다. 독서와 글쓰기가 삶에 가장 큰 무기가 된다는 것은 많은 이들이 아는 사실입니다. 하지만 어렵죠. 꾸준히 글쓰기? 매우 어렵습니다. 이런 어려운 글쓰기를 일상으로 만들기 위한 첫걸음은 어디에서 시작해야 할까요? 그것은 바로 메모입니다. 이제 본격적으로 일상의 글쓰기에 대해 이야기해 보려고 합니다.

정리하지 않은 메모는 쓰레기일 뿐

　이럴 거면 왜 메모했을까 싶을 정도로 저는 메모한 것을 다시 보거나 정리하지 않았습니다. 블로그에 업로드 한 글은 확인차 한 번이라도 다시 보곤 하는데 아이폰 메모나 문서 프로그램으로 작성한 글은 웬만하면 다시 보는 일이 없었습니다. 언젠가 글감으로 써야겠다는 마음으로 쌓아두기만 했을 뿐 그 글감들이 다시 빛을 보는 경우는 없었습니다.

　그랬던 제가 이제는 메모를 정리하고, 메모를 통해 글을 완성하고 이렇게 책도 쓸 수 있게 되었습니다. 기록했던 메모들을 살펴보니 소재, 불현듯 떠오른 통찰, 궁금증과 질문, 기억해야 할 것들이 담겨 있었습니다. 어떤 메모는 왜 썼는지 이유를 모르겠고 또 어떤 메모는 너무 유치한 가운데, 그중에 값진 메모들도 있었습니다. 이 메모를 살리려면 어떻게 해야 할까요? 어떻게 해야 그 메모를 기억할 수 있을까요? 따라서 이번엔 어떻게 하면 메모를 효과적으로 사용할 수 있을지 대해 이야기해 보려고 합니다.

메모법도 배워야 한다고 생각하면 머리가 아픕니다. 메모는 그냥 하면 되는 것 아닌가, 싶지만 메모야말로 우리 삶에 가장 중요한 자산입니다. 효과적인 메모법을 알고 또 발견하게 되면 삶이 달라집니다. 어떤 이는 꿈을 기록해서 소설가가 되었고 로또에 당첨되기도 했죠. 힙합 그룹 〈에픽하이〉의 리더 타블로는 모든 아이디어를 아이폰 기본 메모 앱에 기록했다고 합니다. 그리고 아이폰에 기록한 메모들이 아이폰 업데이트 이슈로 초기화되어 수년간의 아이디어를 모두 잃게 되었죠. 언젠가 탄생했을지 모를 명곡들의 가사들이 모조리 날아간 순간이었고 이 사건은 신문에 나오기까지 했습니다. 누군가는 절대 하지 않는 메모가 누군가에게는 전 재산이 될 수도 있습니다. 그것이 바로 메모의 힘입니다.

저는 일찌감치 메모의 중요성을 알고 있었습니다. 16살 때 기타를 치며 작사, 작곡을 시작했기 때문입니다. 항상 오선지와 연필을 들고 다녔는데 그렇지 않으면 운 좋게 떠오른 가사나 멜로디 혹은 코드 진행을 잊어버리게 될 테고 그것이 너무 아쉬워 밤잠 설칠 게 뻔했기 때문입니다. 그리고 실제로 그 일이 일어나고 말았습니다.

18살의 여름이었습니다. 음악 학원에 다녀오는 길이었습니다. 소변 욕구가 생겨 화장실에 들렀습니다. 그날따라 양손에 짐이 있었고 악보도 손에 들고 있었습니다. 볼일을 보기 위해 악보를 소변기 앞 선반 위에 올려 두었는데 그 사실을 잊은 채로 집까지 와버렸습니다. 그리곤 다시는 찾을 수 없었습니다. 나름대로 평생 모아둔 소중한 아이디어가 순식간에 날아갔습니다. 타블로의 아이폰 메모처럼 말이죠. 첫 자작곡도 그때 함께 사라졌습니다. 아무리 소중한 곡이라고 해도 내용을 완벽하게 다 기억할 순 없습니다. 코드와 멜로디는 잊지 않았지만 도무지 가사가 다 떠오르지 않더군요. 그때는 블로그는커녕 인터넷조차 막 보급된 시기였기 때문에, 인터넷에 아카이빙도 할 수 없던 시절이었어요. 이 사건을 통해 아이디어를 절대 한곳에 보관하면 안 된다는 사실을 알게 되었습니다. 현재는 많은 사람들이 데이터 백업의 중요성을 인식하고 외장 하드와 클라우드 등을 이용하지만 여전히 데이터 보관에 관심 없는 분들도 많습니다.

메모의 중요성에 대해 이야기 했으니 이제는 메모법으로 넘어가 보겠습니다. 메모에는 크게 두 종류가 있습니다. 단기적으로 잠깐 보관 해두었다가 바로 폐기해 버리는 메모가 첫 번째입니다. 포스트잇에 기록하는 전화번호라거나 장바구니 목록 혹은 현관 비밀번호 등이 그렇죠. 두 번째로 잊지 말고 다음에 정리해야 할 장기적인 메모가 있는데 이 메모는 급작스레 떠오른 아이디어들이 주로 차지하고 있으며 추가 작업을 해서 하나의 총체적 메시지를 완성하기 위한 용도의 메모입니다. 아이디어가 생긴 즉시 작업에 들어가면 좋지만 그렇지 못한 환경에 놓여 있는 경우가 많기 때문입니다. 많은 아이디어들은 길을 걷다가, 지하철에서, 여행 중에 우연히 찾아오기 마련이니까요.

메모법과 메모 처리의 중요성이 여기서 발생 합니다. 첫 번째는 메모를 했다는 사실조차 기억을 못 하는 것이고 운 좋게 메모를 발견해도 이게 무슨 아이디어인지 쉽게 떠오르지 않는다는 문제입니다. '미래의 내'가 알아볼 수 있게 효과적으로 메모를 해야 한다는 사실, 그리고 그런 메모들을 잊지 않고 효과적으로 관리하는 요령과 습관이 필요합니다. 우리가 알아야 하는 것은 어디에 어떻게 메모하는지, 메모를 어떻게 정리 할 것인지에 대해 깊게 생각해 봐야 한다는 사실입니다. 정답은 없습니다. 각자의 취향이 다르기 때문이죠. 따라서 각자의 효과적인 메모법을 찾아야 합니다. 다만 한 가지 규칙은 기억하길 바랍니다. 그것은 바로 모든 메모를 일정한 주기로 한곳에 모아 정리를 해야 한다는 것입니다.

저는 스마트폰 메모 어플을 주로 사용합니다. 스마트폰 메모에 테마별로 카테고리를 정해서 카테고리별로 메모를 보관합니다. 제 메모에서 가장 중요한 것 중 하나가 바로 카테고리입니다. 요리 레시피와 다음 여행 계획, 감상 등이 섞여 있으면 곤란합니다. 속도가 생명인 메모를 카테고리까지 지정하며 사용하는 게 어렵게 여겨질 수 있지만 초기 세팅만 한번 해두면 그다음부턴 훨씬 효율적이고 편리합니다. 공부하기 전 책상부터 정리하는 것과 같습니다. 적어도 일주일에 한 번은 메모를 테마별로 정리하는 습관을 들여야 합니다. 아이디어는 사람에 따라 많이 생길 수도 있고 적게 생길 수도 있지만 메모를 정리하지 않으면 많든 적든 잊히고 폐기되고 맙니다.

두 번째는 어떻게 메모할 것이냐에 대한 문제입니다. 단기 메모는 명령어의 형태로 기한을 정해 되도록 구체적으로 쓰는 게 좋습니다.

이번 달 안으로 / 이불 빨래 / 할 것
22일 / 파티 장소 / 예약할 것
010—0000—0000 / 사장님 오시면 / 즉시 전달할 것

이와 같은 형태로 〈기일-목적-행동〉 순으로 적으면 좋습니다. 이 중에 하나라도 빠지면 기억에 혼란이 올 가능성이 커집니다. 예를 들어 이번 달 안으로 이불 빨래 까지만 메모가 되어 있다면 이불 빨래를 찾으라는 건지, 하라는 건지 즉각 떠오르지 않아 혼란이 찾아올 수 있습니다.

장기 메모는 프로젝트를 구성하는 목적으로 사용합니다. 무엇보다 중요한 건 언제 메모했는지 날짜를 기재하는 것과 누구라도 알아볼 수 있게 정자로 작성하는 것 그리고 주제를 기록하는 것입니다. 그리고 가능한 짧게 쓰는 것이 좋습니다. 무엇보다 중요한 것은 장기 메모는 반드시 일정한 날마다 정리해야 합니다. 현재 가장 널리 사용되는 메모 정리 도구는 '노션'이라는 온라인 도구입니다. 노션을 통해 홈페이지를 꾸미시는 분이 있을 정도로 노션의 사용법은 다양하죠. 그러나 자유도가 너무 높아 사용법을 익히기가 쉽지 않습니다. 메모의 편리를 위한 도구인데 도구의 사용법에 가로막혀 소중한 아이디어를 날릴 수도 있습니다. 만일 아날로그 감성도 좋다면 주제별로 공책을 준비하는 게 더 좋을 수 있습니다. 아이디어 노트는 직관적이어야 하기 때문입니다. 저는 스마트폰과 기타 여러 메모장에 기록해 둔 메모를 아이디어 노트를 활용하여 테마별로 정리하고 있습니다. 그리고 장기 메모를 하나의 작품으로 만들어 퍼블리싱, 즉 발행합니다. 발행은 상품을 만드는 것과 같은 효과를 기대할 수 있습니다. 상품을 만드는 것은 포장을 한다는 의미이며 이 과정에서 높은 수준의 이해도가 생기며 기억이 체화될 수 있습니다.

저처럼 이렇게 관리하려면 메모를 정리해야 한다는 개념과 습관이 필요합니다. 제가 가장 후회 하는 것 중 하나가 오랫동안 메모를 해왔지만 따로 정리하지 않은 것이었습니다. 메모 정리가 반드시 후행 되어야 효과적인 아웃풋을 기대할 수 있다는 사실을 명심하시길 바랍니다. 만일 이게 어렵게 느껴진다면 적어도 메모라도 효과적으로 해보자는 마음가짐이라도 가지심을 추천합니다. 그렇게만 해도 이 글은 어느 정도 성공적인 글이 될 것 같습니다.

매일 10분 에세이 쓰기

    글쓰기의 첫걸음은 에세이입니다. 이 책을 여기까지 읽으셨다면 여러분은 이미 글을 쓰고 계시는 분이거나 적어도 독서 기록은 남겨야겠다고 생각할 가능성이 있는 분들입니다. 그렇다면 여러분이 가장 먼저 해야 할 일은 지금부터 매일 에세이를 쓰는 겁니다. 에세이라고 해서 거창하게 생각할 건 없습니다. '주제가 있는 일기'라고 생각하면 좋습니다. 일기를 쓰라고 하면 그날 있었던 일을 있는 그대로 기록하던 옛 버릇이 나올 겁니다. 혹은 일기를 쓴다는 행동 자체가 유치하다는 생각이 들어 글쓰기 동기 유발 계수가 떨어지기도 합니다. 따라서 이제부터 여러분은 일기가 아닌 에세이를 매일 한 편씩 써보는 겁니다.

    언제 쓸 것인지는 크게 고려할 사항은 아니지만 얼마나 쓸

지는 고려해야 합니다. 정해진 분량만큼 쓰는 게 가장 좋은 글쓰기지만 우리는 초보이기 때문에 먼저 정해진 시간 동안 글 쓰는 걸로 시작하는 게 좋습니다. 따라서 타이머가 꼭 필요합니다. 처음에는 10분입니다. 10분간 짧게 에세이를 작성합니다. 그리고 여기서 가장 중요한 행동을 해야 합니다. 바로 '발행하기'입니다. SNS에 업로드를 하는 거죠. 저는 인스타그램과 네이버 블로그를 추천 드립니다. 잠재적으로 여러분을 알리는 데 도움을 줄 수도 있지만 무엇보다 훌륭하게 디지털 백업이 된다는 것이 장점입니다. 에세이 계정을 만들어서 매일 사진 한 장과 10분 에세이 쓰기를 해보세요.

이는 단순히 글쓰기에 익숙해지기 위한 훈련이며 누군가 내 글을 볼까 두려워 하지 마세요. 장담컨대 아무도 보지 않습니다. 간혹 누군가 '좋아요'를 눌러 줄 수도 있겠습니다만 아마 실수로 눌렀을 겁니다. 그만큼 타인의 글쓰기에는 거의 누구도 관심을 주지 않습니다. 그러니 걱정 말고 쓰시면 됩니다. 혹시나 누가 여러분의 글에 관심을 가진다면 그건 그것대로 여러분의 글쓰기 재능이 발견된 것이니 축하할 일입니다. 여러분의 팬이 생긴 거죠.

이렇게 사진 업로드와 10분 에세이 쓰기를 하다 보면 자신이 작가가 된 것 같은 착각에 빠지기도 합니다. 이 착각은 아주 좋은 기분이며 일상을 행복하게 만들어 주는 훌륭한 신경전달 물질이니 마음껏 즐기시면 되겠습니다.

매일 10분씩 에세이 쓰기의 주제는 무엇이든 상관없습니다. 가령 뭘 써야 할지 모르겠다면 "오늘은 뭘 써야 할지 모르겠다. 사진도 마땅히 찍어둔 게 없다."라는 문장으로 시작해보세요. 쓸 게 없다는 주제도 훌륭한 주제가 되기 때문이죠.

목적이 있는 글쓰기

글쓰기는 목적이 있어야 합니다. 목적이 없는 글은 그냥 단어들이 줄지어 서 있는 것일 뿐, 별다른 의미를 찾을 수 없습니다. 억지로 의미를 부여할 순 있겠으나 그야말로 '억지'이기 때문에 그 어떤 목적도 달성할 수 없는 글이 될 가능성이 높습니다. 목적이 없는 단순 글쓰기는 10분 에세이 정도면 충분합니다.

만일 여러분이 이번에 구매한 아이폰15 프로 맥스를 네이버 블로그에 포스팅한다면 어떻게 써야 할까요? 사진을 몇 장 찍어서 사진마다 감상평을 달고 제목도 멋지게 지을 겁니다. 하지만 아무도 읽지 않을 거예요. 많은 분들이 실수하는 게 바로 이 부분이죠. 네이버 블로그에 포스팅 글을 작성하는 목적이 잘못되었기 때문입니다. 저도 그랬습니다. 네이버 블로그 포스팅의 가장 큰 목적은 두 가지 입니다. 하나는 10분 에세이처럼 순수하게 내 글을 아카이빙하는 목적이고, 나머지 하나는 정보성 글로 방문 유입을 늘리거나 수익화를 시키는 것이죠. 만일 여러분이 아이폰15 프로 맥스를 산 게 너무 기뻐서 그날의 기쁨을 기록하기 위한 짧은 에세이를 썼다면 그건 나쁘지 않은 목적입니다. 그러나 만일 누군가 그 글을 읽어주기 위한 목적이라면 완전 나쁜 전략이 되는 셈이죠. 블로거들이 아이폰을 포스팅한다면 정보성 글을 통해 수익화 시키는 것이 목적일 겁니다. 그렇다면 여러분들도 수익화라는 목적의식을 가지고 프로페셔널하게 글을 써야 합니다. 개인마다 말투가 다르고 네이버의 알고리즘이 누구의 글을 노출해 줄지도 알 수 없기 때문에 어떤 포스팅이 정답이라고 할 순 없지만 적어도 '1등 포스팅'에는 이유가 있으니 '1등 포스팅'의 구성을 그대로 가져와 내용만 고쳐 쓰는 것만으로도 충분히 좋은 포스팅이 되며 좋은 글쓰기 연습이 될 수 있습니다.

여러분의 글쓰기가 단련된다면 10분을 넘어 1시간 이상 혹은 정해진 분량만큼 에세이를 쓸 수 있게 될 겁니다. 만일 하루에 1시간씩 에세이를 쓴다면 100일간 100편의 에세이를 쓸 수 있습니다. 만일 에세이를 출판하고 싶다면 적어도 200페이지는 되어야 할 겁니다. 전자책이든 종이책이든 가독성이 있으려면 〈한컴오피스 한글〉 기준 글자 크기 12pt에 줄

간격은 160%, 문서 사이즈는 A5가 되어야 합니다. 그럼, 대략 한 페이지에 공백 미포함 500글자 정도가 됩니다. 따라서 여러분이 A5의 두 배 크기인 A4용지 크기에 매일 1장씩 에세이를 쓴다면 100일 후에 200페이지 수준의 에세이 단행본을 만들 수 있습니다. 책 한 권을 이렇게 뚝딱 만들 수 있습니다. 출간은 출판 등록만 하면 아무나 할 수 있습니다. 종이책은 초기 비용이 들어가니 전자책으로 출간할 수도 있습니다. 요즘엔 취미로 1년에 책 한 권씩 만들고 배포용은 전자책으로 하시는 분들도 있습니다.

1시간씩 작성하는 에세이에 아무런 주제도 목적도 없으면 100편의 에세이를 하나로 묶을 수 있을까요? 억지스럽게 라면 가능하겠지만 결국 중구난방의 어색한 단행본이 되고 말 겁니다. 따라서 하루 한 시간씩 글을 쓸 수 있는 체력이 생겼다면 이후의 글쓰기는 보다 구체적인 목표가 있어야 합니다. 그러한 목표가 있다면 이제는 단순한 글쓰기 뿐 아니라 단행본을 출간할 수 있는 작가로 발돋움할 수 있습니다.

제가 이런 주장을 할 수 있는 이유는 제가 수년간 메모하고 글을 썼지만, 그 메모들을 방치하고 정리하지 않았고, 목적 없이 그저 글을 써왔기 때문입니다. 자기만족의 일환이라면 나쁘지 않습니다. 그러나 저는 한 명이라도 더 많은 분들이 제 글을 봐주었으면 했고, 제 글로 유명해지고 싶었습니다. 완전히 틀린 방식을 택하고 있었던 저는 이렇게 각성해서 독단을 버리고 선배들을 따라 하기 시작했습니다. 바로 '벤치마킹과 트렌딩', 그리고 '전략적 글쓰기'입니다.

벤치마킹과 트렌딩은 자기계발서 《원씽》에 나와 있는 개념입니다. '벤치마킹'은 말 그대로 다른 사람의 작품을 최대한 비슷하게 흉내 내는 것입니다. 그중에서도 지금 가장 잘 나가는, 혹은 앞으로 잘나가리라 예상되는 것을 따라하는게 '트렌딩'입니다. 이런 벤치마킹과 트렌딩을 기반으로 주제를 정하고 목차를 구성해서 특정 타겟을 목표로 글을 쓰는 것이 전략적 글쓰기입니다.

지금 이 글도 그런 목적으로 쓰고 있죠. 이 글은 올바른 독서 문화를 전파해서 많은 이들이 독서를 효과적으로 하고 그로 인해 우리 사회가 보다 지적이면서 고품격 취향을 향유하길 바라는 마음으로 쓰여지고 있습니다. 총 4부로 구성했고, 1부당 10개 정도의 꼭지를 준비했으며 한 꼭지당 A4용지 두 장 정도 분량을 목표로 하고 있습니다. 그럼 4개의 테마, 40개의 소주제가 나오며 이를 위해 목차를 먼저 작성하겠지요? 그럼 총 A4용지 80매 분량이 될 것이고 A5로 환산하면 160매 정도가 될 겁니다. 출판물로써는 다소 부족하지만 전자책으로 만들어서 이 도서가 진짜 필요한 분들과 제 유튜브 채널의 구독 선물로 사용될 목적으로는 충분하죠. 독서법이라는 주제는 트렌드에 맞지 않지만 독서는 트렌드를 벗어나 '스탠더드'로 접근할 수 있다고 판단했습니다. 타겟은 중고등학생과 이를 자녀로 둔 부모님, 그리고 교육에 진심인 선생님들입니다. 이 독서법을 통해 책 한 권 더 읽고, 더 빠르게 문제를 풀 수 있을 거란 기대가 있고, 이를 통해 수능 국어 영역 성적이 유의미하게 개선되길 바라기 때문입니다.

여러분이 포스팅이나 스크립트, 혹은 글쓰기에 애먹고 있다면 우선 목적이 있는지, 혹은 목적이 잘못된 건 아닌지 먼저 살펴보길 바랍니다. 모든 조건을 다 갖추었는데도 운이 따라주지 않는 경우도 있을 겁니다. 그러나 모든 조건을 갖추었다는 것 자체가 저는 이미 성공한 사람들이라고 생각합니다. 대표적인 예가 〈더본코리아〉의 대표 백종원 님이죠. 백종원 님처럼 요식업에서 모든 걸 갖춘 사람이 일이 잘 풀리지 않는다면 그것이야말로 운이 따라주지 않은 사례지만, 여러분이나 저 같은 경우에는 운이 없다기보다는 분명 어딘가 안 될 만한 요소가 있을 가능성이 보다 큽니다. 따라서 늘 낮은 자세로 분석하고 연구해서 문제점을 고쳐가는 태도를 지니면 문제를 해결하는 데 훨씬 좋은 결과를 얻을 수 있겠습니다.

글쓰기가 어려운 이유

현대인에게 글쓰기가 어려운 이유는 생각해야 하고, 고민해야 하고, 결정해야 하고, 실제로 써야 하기 때문입니다. 현대인의 대부분은 생각도 고민도 결정도 스스로 하기 힘든 상태가 되었습니다. 무려 12년간 교육을 받았음에도 사정이 이런 데는 아마도 그 교육이 원인이 아닐까 하는 생각을 하게 됩니다.

성장과 성공에 열망하는 사람도 많아졌지만 반대로 자포자기 하는 사람도 그만큼 많아졌습니다. 성공과 포기도 이제는 양극화가 되어 버렸습니다. 생각이 가난한 이유는 여러 가지이지만 부족한 배움과 게으름은 결코 빠질 수 없는 이유입니다. 지식이 부족하면 스스로 알고 채우려는 노력이 필요합니다. 그러나 요즘엔 무지한 것을 넘어 몰라도 사는데 지장 없다는 주장까지 합니다. 모르는 걸 모른다 할 줄 모르니 말 섞어봐야 이로울 게 없죠. 재주라고는 세 치 혀라 말놀림이 빠르니 광대 놀음하는 것 같아 현혹되기 쉬우나 막상 내막을 들여다보면 속 빈 강정이 대부분이니 이런 부류의 사람들은 피하는 게 상책입니다.

글쓰기가 힘든 또 다른 이유는 디지털 때문입니다. 무엇보다 글재주가 뛰어난 사람들이 만든 영상 콘텐츠가 주는 도파민만으로도 충분하기 때문에 그것에 익숙해진 현대인들에게 글쓰기는 그 어떤 매력도 없게 느껴집니다. 그러나 그런 콘텐츠를 만들어 내는 사람들은 글로 먹고산다는 사실을 알아야 합니다. 그들이 만들어낸 대본 덕분에 좋은 콘텐츠가 나오는 것이죠. 물론 대본없이도 대박 영상을 만들어 낼 수 있지만 그런 요행을 오랫동안 바랄 순 없습니다. 준비된 양질의 콘텐츠라는 토대 위에 개인기가 받쳐줬을 때 진짜 좋은 영상이 나오게 됩니다. 그러나 아이러니하게도 좋은 대본으로 만든 양질의 콘텐츠를 접하면 접할수록 우리들은 그런 글을 쓸 수 없게 됩니다. 그런 영상을 보는 것만으로도 충분하다고 생각됩니다.

이렇게 콘텐츠가 넘쳐나는 세상이 되었기 때문에 글쓰기가 더욱 어려워졌습니다. 그러나 우리는 알고 있습니다. 이제 세상은 크리에이터가 되지 않으면 살아남기 힘들다는 것을요. 그렇다면 크리에이터의 근간이 되는 것은 무엇일까요? 맞습니다. 바로 글쓰기입니다. 책과 글로부터 피하고 싶어도 결국 돌고 돌아 다시 책과 글로 돌아오게 됩니다.

서평 쓰는 법

이제부터 여러분은 에세이와 서평이라는 두 개의 형식을 가지고 글을 쓸 수 있어야 합니다. 네이버 블로그를 시작했다면 카테고리를 두 개 설정하시면 됩니다. 인스타그램으로 에세이를 시작했다면 서평 계정을 따로 만드는 것을 추천 드립니다. 에세이 계정은 글쓰기 계정으로 관리하고, 서평 계정은 독서 아카이빙으로 사용하면 됩니다. 만일 이 두 형식을 한 계정에 사용하게 되면 알고리즘에 혼란을 주게 되어 계정이 성장하지 않을 가능성이 높아지기 때문입니다. 이에 대한 자세한 내용은 SNS 알고리즘에 관한 글과 영상들을 참고하시면 좋겠습니다. 기왕에 SNS를 시작했는데 굳이 망하는 길로 갈 이유가 없으니 귀찮더라도 꼭 분리 해주시길 바랍니다.

10분 에세이로 글쓰기 습관이 만들어 졌다면 이제는 한 단계 높은 수준의 글쓰기인 서평에 도전할 차례입니다. 서평은 독서에 있어 굉장히 중요한 아웃풋이기 때문에 독서와 병행하면 성장에 가장 큰 효과를 볼 수 있습니다. 그리고 읽은 책 전부에 적용해 보는 습관을 가질 필요가 있습니다. 물론 모든 책에 대해 깊이 있는 서평을 쓰지 않아도 됩니다. 이번 장에서는 서평을 쓰는 다양한 방법을 알려드리고 서평 쓰기의 막연함을 허물기 위한 내용을 다루고자 합니다.

서평이란 무엇일까요? 우리는 독후감을 쓸 때도 추천사를 쓸 때도 그리고 글을 요약할 때도 서평이라는 용어를 혼용해서 사용하곤 합니다. 그러나 엄밀히 서평은 책을 평가한다는 지극히 객관적인 태도를 지닌 평가 방식입니다. 반대로 독후감, 감상문은 주관적이라고 할 수 있습니다. 추천사는 해당 책이 아무리 별로여도 칭찬하는 것이 추천사입니다. 요약은 책을 소개하기 위한 가장 효과적인 방법이죠. 그리고 별점으로 간단하게 평가를 대신하기도 합니다. 이동진 평론가의 영화 별점이 아주 유명한 예입니다. 분량도 신경써야 합니다. 소설 《어서 오세요, 휴남동 서점입니다》에서 주인공 영주는 포스트잇을 사용하여 책 표지 앞에 추천사를 써 붙입니다. 서점 고객들은 그 추천사를 보고 구매 결정을 합니다. 휴남동 서점의 짧은 추천 글이 판매 전략이 된 셈이죠. 포스트잇에 담아야 하는 추천사이기 때문에 매우 압축적인 글을 써야 합니다. 이럴 때 효과적인 게 바로 한 줄 추천과 세 줄 감상평입니다. 그리고 우리가 꼭 익혀야 할 중요한 서평 방법이기도 합니다.

2부에서 말씀드렸지만 책을 한 권 읽었을 땐 한 줄로 추천할 수 있어야 하고, 세 줄 정도로 감상평을 쓸 수 있어야 합니다. 한 줄 추천은 그대로 그 책을 관통하는 요약이 되기도 하죠. 한 줄 추천, 한 줄 요약, 한 줄 평 뭐든 상관없습니다. 한 줄로 책 한 권을 표현할 수 있는 능력이 있다면 이보다 더 좋은 경쟁력과 실력이 또 어디 있을까요? 여러분의 모든 감각과 위트를 동원해야 할 겁니다. 이동진 평론가의 별점과 한 줄 평은 수십 수백억을 들인 두 시간짜리 영화 한 편의 국내 수익률을 좌지우지할 정도죠. 영화뿐 아니라 도서에서도 마찬가지 입니다.

서평에 정답이 없지만 서평을 하려는 목적을 구체적으로 정하면 이를 쓰는 것이 한결 수월해집니다. 최근 저는 한 줄 평으로 서평을 작성하기 시작했습니다. 이 한 줄 평의 목적은 궁금증 유발입니다. 한 줄 평을 읽은 사람은 그 한 줄 평에 만족할 수 없습니다. 따라서 한 줄 평은 얼마큼 궁금증을 유발했느냐가 핵심이라고 볼 수 있습니다.

이어서 세 줄 요약을 제시합니다. 세 줄 요약에는 도서의 내용이 반드시 담길 필요가 없습니다. 작가가 화제의 인물이라면 작가 중심으로 쓰면 오히려 효과가 좋습니다. 가령 예를 들어 BTS의 진이 에세이를 썼다고 해보죠.

1) BTS의 진이 전역했다.
2) 그가 그의 군 생활 내용을 책으로 만들었다.
3) 아이돌답지 않은 수준 높은 문장으로 문단에서 난리가 났다.

이와 같은 방식으로 쓰면 진의 팬이 아니라 할지라도 보고 싶어지는 세 줄 요약이 완성됩니다.

이어서 대략의 줄거리를 쓰면 됩니다. 줄거리는 책 전체를 요약해도 되지만 가장 인상적인 부분만 요약해서 추가로 궁금증을 만들어 내는 것도 좋습니다. 간혹 매우 어려운 책이어서 해설이 필요한 글이 있습니다. 저는 그런 책은 가급적 피하라고 말하고 싶습니다. 한때 에리히 프롬의 《우리는 여전히 삶을 사랑하는가》 서평을 준비하다 거의 논문 수준의 글로 흘러가게 된 경험이 있었습니다. 해설 수준을 넘어 강의해야 할 정도가 되어버렸죠. 일개 개인의 주관적 서평이 논문 수준이 되면 목적에서 한참 벗어난 글이 되어 버립니다. 이런 시도는 전공자에게 맡기시고 우리는 좀 더 수월한 책들로 서평 연습을 해야 합니다.

독서를 꾸준히 해도 남는 것이 없고 심지어 읽은 내용도 제대로 기억나지 않은 경험은 모두가 가지고 있습니다. 그 이유는 바로 서평과 같은 작업을 하지 않아서입니다. 에세이나 소설은 책이 가진 분위기와 이미지가 있기 때문에 굳이 이런 작업을 하지 않아도 충분히 즐겁습니다. 그러나 성장을 위한 독서를 목적으로 한다면 지식 정보가 담긴 책들을 많이 접하게 될 텐데 이때 앞서 제시한 서평 쓰기는 여러분의 훌륭한 기억 저장 장치가 될 겁니다.

우아한 질문

　최근 제가 가장 중요하게 생각하는 게 '질문 잘하기'에 대한 것입니다. '사람은 대답으로 판단하지 말고 질문으로 판단하라.'는 볼테르의 명언을 외울 정도로 말이죠. 이 개념을 처음 접한 건 데일 카네기의 《인간관계론》에서 였습니다. 데일 카네기는 질문 하나만 잘해도 그 자리를 완전히 주도할 수 있다고 말합니다. 최근 매스컴에 과학 패널들이 많이 등장합니다. 그들의 말이나 책을 살펴보면 타인의 질문에 쉽게 답하기 어려운 이유로 대게 '잘못된 질문'을 꼽았습니다. 그래서 질문에 오해의 소지가 있다면 질문의 요점부터 다시 정의 하는 것으로 답변을 시작하곤 합니다. 그만큼 질문의 질은 중요합니다.

제가 질문의 힘을 크게 느꼈던 건 독서 모임에서 시작되었습니다. 2018년부터 6년간 북클럽을 운영하면서 매주 5개 이상의 질문을 만들었습니다. 독서 모임 운영 초기에는 모임의 원활한 운영을 위해 특별히 준비한 게 없었기 때문에 매주 모임을 이끌어 나가기가 참 힘들었습니다. 그저 같이 책 읽고 이야기하면 좋겠다는 가벼운 마음으로 시작했지만 점점 더 모임 참여가 부담스러워졌습니다. 이래선 안 되겠다 싶어 '뭐라도 준비하자'라는 마음으로 시작한게 바로 '미리 질문을 준비 하는 것'이었습니다. 초기엔 책과 관련 없는 일상적인 질문들을 모임 전 미리 단톡방에 공개를 했습니다. 이 정도 준비 만으로도 모임의 질이 달라졌습니다. 자연스럽게 이어진 대화량이 차츰 떨어져 대화의 공백이 생길 즈음 미리 준비된 질문으로 대화의 다리를 이어주기만 하면 되기 때문에 대화가 빌 틈이 없었습니다. 오히려 준비된 질문을 다 소화하지 못해 불만을 품는 모임원이 생길 지경에 이르렀죠. 질문으로 대화를 이끌어가는 것은 매우 품격 있는 담화였습니다.

그러나 급하게 준비한 저의 질문엔 문제가 있었습니다. 막상 준비한 질문을 스스로 답하려고 보니 질문이 요구하는 게 뭔지 스스로도 잘 모르겠다는 거였죠. 따라서 북클럽 멤버들도 질문의 요지를 파악하지 못해 헤매기 시작했죠. 이때는 저도 몰랐었습니다. 질문에는 두 가지 유형이 있다는 사실을 말이지요.

질문엔 두 가지 유형이 있습니다. 하나는 풍부한 대화를 위한 막연한 질문이 있고, 다른 하나는 정답을 찾아야 하는 촌철살인의 질문입니다. 전자는 답이 없기 때문에 풍성한 대화를 만들기에 적합합니다. 이런 질문은 예리하기보다는 상상력을 자극하는 게 좋습니다. 단점은 한국인의 특성상 빠르게 답을 내고 싶어 한다는 점이지만 그걸 여유롭게 만들어가는 진행이 필요합니다. 이런 질문은 해답을 요구하지 않습니다. 질문이 허술해도 됩니다. 답하는 사람이 질문에 살을 더할 수 있기 때문에 경우에 따라 보다 더 유연하고 부드러운 분위기가 만들어 지기도 합니다. 그렇기 때문에 이런 질문을 만들 때는 누가 질문에 살을 붙여도 괜찮게 구상하고 또 그렇게 해도 괜찮은 태도로 부담 없이 가벼운 마음을 가지는 게 좋습니다.

후자의 질문은 해답을 요구하는 예리한 질문입니다. 답을 찾아내야 하고 방향을 정해야 하는 질문이기 때문에 예리하고 날카로울수록 정답에 가까워집니다. 따라서 이런 질문을 받은 사람들은 상대적으로 경직되고 예민해집니다. 이런 질문은 공식적인 자리에서 빛을 발하며 회사와 국가의 방향을 정하는 중대한 질문인 경우가 많습니다. 이런 질문을 만드는 것은 답하는 것보다 훨씬 까다롭습니다. 질문 하나로 상대를 곤경에 빠트리는 것도 이런 류의 성격을 띠고 있지요. 요지는 질문이 어떤 유형인지 인지하는 게 매우 중요하다는 사실입니다. 상대의 질문을 어떻게 받아들이느냐에 따라 당신의 가치가 결정됩니다. 갑자기 분위기를 싸하게 만드는 사람들이 보통 질문의 유형을 구별하지 못합니다. 질문의 유형을 파악하는 것은 눈치의 영역일까요, 아니면 지능의 영역일까요? 우아한 질문을 어떻게 만드냐고 묻는다면 솔직히 명확한 답변을 드리긴 어렵습니다. 그러나 좋은 질문을 만들 수 있는 역량을 키우는 방법은 알려 드릴 수 있습니다. 그것은 바로 독서입니다.

정답을 주진 않지만 우리에게 성찰의 기회를 주고, 이로 인해 통찰력을 키워주는 책들이 있습니다. 이런 책이 우아한 질문을 만드는 데 많은 도움을 줍니다. 그리고 그 독서의 정점에 있는 장르가 바로 여러분이 어려워하는 문학입니다. 자기계발서가 영양제라면 문학은 외과 수술에 비할 정도로 고차원적입니다. 많은 독서 전문가들이 문학이나 에세이를 취미용, 여가용 정도로 여기곤 하는데 저는 문학과 에세이야말로 삶의 정수가 녹아있는 실전서라고 생각합니다. 많은 자기계발서들은 사실 위대한 문학 작품에 담긴 교훈과 정수들을 저자 나름의 방식으로 요약한 것에 불과합니다. 따라서 문학 서적을 단순 힐링용으로 치부할 게 아니라 그 속에 숨어 있는 사회 보편적이며, 인간 근본의 특징을 찾아내 내 것으로 만들어내는 태도가 독서 생활에서 참 중요합니다.

   대학원 진학을 결심한 학부생은 무엇이든 일단 대답하려고 합니다. 웬만큼 안다고 생각하기 때문이죠. 그러나 교수 정도의 전문가가 되면 '어떻게 해야 좋은 질문을 던져서 원하는 답을 찾아낼지' 고민하게 됩니다. 지식과 지혜가 늘어날수록 말수가 줄어들고 듣는 시간이 길어집니다.

   '트루시니스'라는 용어는 '객관적 사실 기반 없이 느낌으로 믿는 진실'이라는 뜻을 가지고 있습니다. 뭐든 가르치려는 사람들이 대부분 이 트루시니스에 빠져 있을 확률이 높습니다. 반대로 지식량이 늘어날수록 많은 논문, 연구자료로 인해 지식량이 늘어날수록 함부로 말하지 않으려고 합니다. 세상에 절대적인 것은 없으며 대개의 경우가 상대적이라는 사실을 알고 있기 때문이죠.

   한국인의 대화 특성으로 상대의 이야기를 듣고 나면 밑도 끝도 없이 일단 "아니"라고 말한다는 우스갯소리가 있습니다. 일단 반론한다는 뜻이겠죠? 그만큼 우리의 대화가 호전적이라는 뜻이기도 합니다. 여러분, 지금부터는 일단 답하고 보려는 태도를 버리고 우아하게 질문하려고 시도 해보세요. 지기 싫어하는 건 알겠으나 일상에 논쟁할 일을 만들지 마세요. 상대방과 논쟁해야 할 이유가 없습니다. 우아한 질문을 통해 상대방을 생각하게 만들고 좋은 대답을 이끌어낼 수 있습니다. 경청의 힘은 질문에서 나옵니다. 만일 여러분이 좋은 질문을 던지고 상대가 말하게 둔다면 당신은 몇 마디 하지 않고도 최고의 대화 상대가 될 겁니다. 그 결과 상대방이 당신을 좋아하게 될 확률이 올라가게 될 것이고요. 반대로 상대가 내 질문에 동문서답하고 있다면 그 또한 좋은 사례로 남을 겁니다. 내 질문이 별로거나 상대가 내 질문을 귀 기울여 듣지 않았거나 둘 중의 하나인데 어찌 되었든 내 질문에서 비롯되었으니 자아 성찰의 기회로 삼을 수 있기 때문이죠.

반대를 위한 반대, 일단 반대하고 보는 습성, 악마의 대변인이라 칭하는 무조건 의견에 반대하는 자세를 멀리하세요. 특히 '악마의 대변인'은 구체적이고 전략적인 역할을 맡고 수행해야 할 조심스러운 역할입니다. 실컷 할 말 못 할 말 다 해놓고 뒤에 가서 '사실은 악마의 대변인이었다.' 같은 소리는 궤변으로 들릴 뿐입니다.

우아한 대답

이번엔 우아하게 답하는 법에 대해서도 한번 이야기해 보기로 하죠. 오디오 물린다는 말 들어본 적 있나요? 토크 프로그램을 주의 깊게 관찰하면 출연자들이 철저히 번갈아 가면서 말하는 걸 확인할 수 있습니다. 일부러 의도하지 않는 이상 반드시 지키는 룰입니다. 실제로 촬영할 때도 상대의 말이 끝날 때를 노렸다가 타이밍 맞게 치고 들어가는 출연자가 실력을 인정받습니다. 계속해서 오디오가 물리는 출연자는 결국 PD의 눈에 찍혀 출현하기 힘들어지죠. 〈라디오 스타〉나 〈맛있는 녀석들〉이라는 TV 프로그램에서도 이에 대한 일화가 등장 했습니다. 이점이 일상과 방송의 가장 큰 차이입니다. 바로 공백이죠. 방송에서는 고의로 편집하지 않는 이상 오디오가 비지 않습니다. 출연자의 실력도 있지만 영상 편집 과정에서 오디오가 빈 부분은 잘라내기 때문이죠. 만일 여러분이 직접 방송 촬영 현장에서 라이브로 보게 된다면 실제로 우리가 보는 방송과의 큰 괴리감에 답답함이 느껴지기도 할 겁니다. 그러나 일상 대화에서 공백은 아주 큰 힘을 발휘합니다. 특히 진지한 대화를 할 때는 더 그렇습니다. 왜냐하면 상대가 잠시 침묵한다면 질문자는 상대가 깊이 생각한다고 여길 것이기 때문입니다. 좋은 대화 상대가 되려면 상대의 말을 듣고 충분히 생각하고 있다는 조처를 취하는 게 효과적입니다. 그 액션이 바로 공백, 뜸 들이기 라고 할 수 있습니다. 여러분이 상대의 말허리를 잘라 오디오를 겹치게 하고, 바로 대답(반격)을 하게 되면 상대방은 십중팔구 불편함을 느낄 겁니다. 속으론 "아니 이 사람은 내 말을 끝까지 듣지도 않고 답부터 하네."라고 속으로 불만을 토로하게 될 겁니다.

고민을 토로하는 이들은 아이러니하게도 스스로 고민을 털어놓는 과정에서 해답을 찾게 됩니다. 대화 상대가 내놓는 즉각적인 피드백에 의해 깨달음을 얻는 경우는 거의 없습니다. 여러분은 촌철살인의 해법을 내놓았다고 의기양양할지도 모르겠지만 상대는 그렇게 생각하지 않습니다. 왜냐하면 존중받았다는 느낌이 들지 않기 때문입니다.

한국인들은 상대의 주장을 듣고 나면 1초도 안 돼서, 혹은 말허리를 자르고 '아니'라는 추임새와 함께 반론을 준비합니다. 그런 반론에 십중팔구 상대방은 당혹감과 분노를 느낄 겁니다. 물론 여러분의 마음도 이해합니다. 상대방이 답답하죠? 상대가 무슨 말을 하는지 대충 알 것 같죠? 바로 그 알 것 같은 마음이 문제입니다. 상대의 의도를 파악하는 건 정말 어려운 일입니다. 불가능할지도 모릅니다. 왜냐하면 여러분의 태도에 따라 상대방의 의도가 바뀌기도 하기 때문이죠. 가벼운 질문이었지만 상대가 각 잡고 달려드니 없던 전투력이 생기기도 합니다. 따라서 논쟁을 만들고 싶지 않다면 반드시 답하기 전에 뜸을 들여 '나 지금 생각하고 있어.'라는 액션을 취하세요. 그것만으로도 당신은 매우 훌륭한 대화상대가 됩니다.

우아하게 대답하는 사람이 되고 싶다면 딱 두 가지만 기억하시면 됩니다. 상대의 말을 끝까지 듣고, 대답하기 전에 잠깐 뜸 들여 공백을 만드는 것입니다. 그 밖에도 여러 가지 기술이 있지만 이것 딱 하나만 해서도 충분합니다. 그냥 대답을 안 하는 게 더 좋습니다. 그저 끄덕이기만 하고 추임새만 넣어주는 게 더 좋습니다. 문제는 이게 한국인에게 너무 어려운 일이라는 거죠. 특히 대화 상대와 친하면 친할수록 어렵습니다. 반대로 상대가 불편할수록 답하는 걸 지나치게 피하는 경향이 있습니다. 여러분이 이 기술을 실천하려고 하면 속으론 불경을 외워야 할지도 모릅니다. 그만큼 인내력이 필요하기 때문이죠. 그러나 이 기술에 숙달되면 여러분은 최고의 대화 상대로 소문나게 될 겁니다. 심지어 여러분을 매력적인 상대로 여기게 될 겁니다. 여러분은 최고의 대답으로 매력을 어필하고 싶지만 그건 연단에 섰을 때 다수를 상대로 하시고 일상의 대화에서는 삼가하세요. 기억하세요. 일상에서의 최고의 대화 스킬은 '끝까지 듣고 살짝 뜸 들이기'라는 걸 말이죠.

독서모임 참여하기

여러분이 이 책을 여기까지 읽었다면 적어도 한 달에 두 권 정도 독서가 가능해졌을 정도로 성장했을 겁니다. 10분 에세이 쓰기와 서평이라는 목적 있는 글쓰기까지 병행되었다면 훌륭한 독서인을 넘어 이제는 작가가 되어도 나쁘지 않을 수준이 되었을지도 모릅니다. 이쯤 되면 여러분이 읽은 책에 대해 다른 사람과 이야기하고 싶어 근질근질하게 될 겁니다. 내가 잘하고 있는지, 다른 사람들은 이 책에 대해 어떻게 생각하는지 궁금하게 됩니다. 이런 여러분에게 가장 필요한 사회 활동은 바로 '독서 모임 참여하기'입니다.

독서는 다른 사람의 정제된 의견을 듣는 최고의 수단인 반면 단점도 있습니다. 그 단점은 바로 독자인 우리가 지극히 주관적이어서 스스로의 독서 취향을 벗어나기 힘들다는 점입니다. 웬만큼 마음먹지 않으면 취향을 벗어난 책을 고르기 힘들기 때문에 지식의 다양성과 취향의 경계에 한계가 생길 수밖에 없습니다.

여러분 모두 유튜브를 시청하실 겁니다. 당연히 로그인되어 있을 거고요. 그렇다면 여러분이 유튜브 앱을 실행하면 십중팔구 유튜브 알고리즘이 최적화해 둔 영상들이 여러분께 노출될 겁니다. 여러분의 취향에 맞게 구성된 상태죠. 여러분의 과거 시청 기록을 모두 반영해서 유튜브가 여러분이 좋아할 만한 영상만 노출하기 때문이죠. 그럼 어떤 문제가 생길까요? 네, 맞아요. 다양성이 사라지게 됩니다. 알고리즘이 어느새 내 취향을 고착화 시키고 있습니다. 그 결과 모험심이 사라지게 됩니다. 자꾸 안정적인 것만 추구하려고 합니다.

문제는 여기서 발생합니다. 우리 삶의 모든 것이 알고리즘에 의해 당장의 내 취향에 맞게 안정화되어 있는 만큼 다양성이 사라지고 모험심이 결여된 우리는 결국 경쟁력을 잃고 맙니다. 그리고 생각이 단순해집니다. 24시간 비슷한 정보 환경에 노출되어 있으며 그게 전부라고 생각하게 됩니다. 이 알고리즘은 결국 우리의 일상을 뻔하고 지루하게 만들어요. 이를 벗어나기 위해 여행을 떠나보기도 하지만 여행도 마찬가지입니다.

수많은 여행 크리에이터 중 사람들이 유독 '빠니보틀'과 '곽튜브', '원지'를 좋아하는 이유는 그들이 알고리즘을 벗어난 여행을 하기 때문입니다. 우리의 안정적인 여행과는 동떨어진 말 그대로 모험투성이죠. 그래서 200만에 가까운 구독자를 보유하게 되었습니다. 경쟁력이 있기 때문입니다. 무엇보다 이들의 특별한 점은 알고리즘을 벗어나되 우리에게 안정감을 제공한다는 점입니다. 그게 실력이죠. 환경은 모험인데 하는 행동과 말은 너무 편안합니다. 여러분의 여행은 어떻습니까? 과연 200만에 가까운 구독자 중 몇이나 빠니보틀의 여행을 따라 할까요? 여러분은 빠니보틀을 통해 모험심을 대리 충족한 후 여전히 안정적인 여행을 합니다. 네이버와 구글이 주는 알고리즘에 따라 가성비, 가심비 있게 되도록 손해 보지 않는 선택을 하려고 합니다. 그게 손해인 줄도 모르고 말이죠.

북클럽에 참여하는 건 여러분이 유튜브에서 로그아웃하는 것과 같습니다. 익숙한 영상 목록들이 사라지고 취향에 맞지 않는 이상한 영상 목록으로 재편되는 것처럼 말이죠. 북클럽은 여러분의 뻔한 알고리즘을 파괴합니다. 익숙하지 않고, 가슴 두근거리고, 불편하고 어색합니다. 그럼에도 독서 모임에 참여 해야 하는 이유는 독서 모임만의 특별한 장점이 있기 때문입니다. 그건 바로 똑같은 책을 읽은 여러 사람의 다른 생각을 들을 수 있다는 겁니다. 그곳에서 우리는 이따금

소수가 됩니다. 내 생각이 다수의 의견일 것이라고 여겼는데 알고 보니 내 생각이 남들과 다르며 심지어 배척받는다는 느낌을 받기도 합니다. 그렇다고 일일이 대응하자니 내게 주어진 시간도 많지 않을뿐더러 상대는 모두 책 읽는 - 나보다 더 지적일 가능성이 높은 - 사람들이라 함부로 대꾸하지도 못합니다. 무력감을 느끼게 되고 때로는 분한 감정을 느끼게 됩니다. 그리고 문득 깨닫게 됩니다. '이곳은 북클럽이 아니고 야생이구나.'라는 사실을 말이죠. 실제로 북클럽 멤버들은 매우 친절하고 따뜻한 분들이 대부분입니다. 토론 중에는 논쟁이 생겨 매우 강렬한 대화가 오고 가기도 하지만 토론이 끝나고 나면 다들 부처님으로 돌아와 있습니다.

왜 하필 독서 모임이냐고 할 수도 있겠습니다. 그 이유는 바로 검증된 다양성 때문입니다. 앞서 저는 대화를 위한 질문과, 답을 찾는 질문 두 가지 유형을 말씀드렸습니다. 두 질문 모두 우리가 성장할 수 있게 이끌어 주지만 약간의 차이가 있습니다. 독서 모임에서의 대화는 대화를 위한 질문들로 주로 구성됩니다. 이런 대화를 위한 질문은 우리의 가능성과 사고를 보다 폭넓게 확장시켜주는 역할을 담당합니다. 답은 시대와 환경에 따라 오답이 되기도 합니다. 따라서 답이었던 게 오답으로 바뀌는 것을 눈치채고, 새로운 답을 찾는 태도를 가지려면 열려있는 자세를 취해야 합니다. 그런 태도를 견지하도록 해주는 것이 바로 '지적 대화를 위한 넓은 질문'

입니다. 이에 가장 효과적인 모임이 무작위의 책 한 권으로 진행되는 북클럽입니다. 물론 모든 북클럽이 다 좋은 건 아니기 때문에 좋은 모임을 찾아야 할 필요가 있습니다.

좋은 북클럽을 찾는 가장 효과적인 방법을 제안해봅니다. 바로 유료 북클럽에 참여하는 겁니다. 우리는 독서와 관련된 활동에 인색한 경향이 있습니다. 그러나 책 한 권을 만들기 위해 작가가 얼마나 많은 노력을 기울이는지 작가가 아니라면 쉽게 공감하기 힘듭니다. 북클럽도 그렇습니다. '소모임'이라는 앱을 사용하면 무료 혹은 거의 무료에 가까운 북클럽을 많이 찾을 수 있습니다. 그러나 6년간 북클럽을 운영하면서 깨닫게 된 건 북클럽을 운영하려면 한 사람당 10만원은 받아야겠다는 결론이었습니다. 무료와 유료 사이의 줄다리기는 세일즈와 소비 심리를 오가는 마케팅의 예술이지만 그건 여기에서 다룰 문제가 아니기 때문에 저는 딱 하나만 강조하고 싶습니다. 유료 북클럽에 가입할 정도로 독서에 대한 의지가 있다면 무료 북클럽은 아무렇지 않게 참여하실 수 있게 된다는 겁니다. 무료 클럽만 찾다 보면 점점 더 유료 클럽에 대해 거부감을 느끼고 그게 익숙해지면 무료 클럽만 서성이게 될 겁니다. 가성비만 찾으면 가성비에 절여지게 됩니다. 여러분이 지갑을 열지 않으면 여러분의 고객도 여러분의 콘텐츠에 지갑을 열지 않습니다. 따라서 가능하다면 무료가 아닌 유료 독서 모임에 참여 하시는 걸 추천합니다.

PART 4

독서 괴담

'트루시니스'라는 단어, 혹시 들어 보셨나요? 트루시니스란 '객관적 사실 기반 없이 느낌으로 믿는 진실'을 뜻하는 단어입니다. 쉽게 말해 '느낌적으론 사실이지만 검증해 본 적 없는 것들'이라고 할 수 있습니다. 우리가 안다고 생각했던 것 중에 논리적으로 생각해 보고 관련 자료를 조사해 본 게 있는지 생각해 보면 막상 그런 적이 거의 없다는 걸 알게 될 겁니다. 인스타그램, 유튜브 같은 곳에서 우연히 접한 정보가 그럴듯하게 느껴져 얼마 지나지 않아 기정 사실로 왜곡됩니다. 메이저 언론사(레가시 미디어) 조차도 교묘하게 진실을 왜곡하는 마당에 검증 시스템도 규제도 전혀 없는 소셜 미디어를 오히려 더 신뢰하는 세상이 되었습니다. 4부에서는 독서와 책에 대한 트루시니스와 편견들을 살펴보고자 합니다. 어디까지 진실인지 아니면 헛소리인지 알아보자는 거죠.

좋은 책과 나쁜 책

　어떤 이들은 세상에 나쁜 책은 없다고 말하기도 하지만, 이 글을 빌어 말씀드리지만 나쁜 책은 분명히 있습니다. 다만 독서를 통해 열린 사고를 얻게 되면 책을 보는 눈이 생기고 나쁜 책을 통해서도 정보를 얻을 수 있습니다. 나쁜 책이 문제되는 이유는 아직 튼튼한 사고를 할 수 없는 어린 친구들이나, 지나치게 편향된 사고를 가진 분들에게는 이 나쁜 책이 기준이 되어, 다른 책들의 의견에 귀를 닫거나 경계하게 될 수도 있기 때문입니다. 이러한 상황을 경계하여 다수가 인정하는 좋은 책들을 먼저 살펴보고 우리의 생각을 일반화 시키는 것이 삶을 살아가는 데 있어 더욱 이롭다고 볼 수 있습니다. 그래야 나와 다른 생각을 가진 타인에 대한 거부감이 줄고 우리 스스로의 다양성을 확대해 나갈 수 있습니다. 따라서 책은 스마트폰보다 가벼워야 합니다. 그렇게 느낄 수 있도록 독서 교육을 해야 합니다. 다행히 최근엔 독서 논술 토론 학원이 제법 눈에 띄더군요. 청소년 필독서도 학생들이 접근하기 좋게 표지 디자인도 눈에 띄게 발전했습니다.

솔직히 이런 독서 교육은 공교육이 책임지고 해야 하는데 왜 초등학생 때 제대로 독서하는 방법을 가르치지 않는지 의문입니다. 분명히 수능 국어 영역에는 '독서'라는 항목도 있는데 왜 제대로 독서하는 이들이 귀할까요? 한때 저는 독서 공교육의 부재가 권력가들이 주도하는 우민화 정책이 아닐까 의심을 품기까지 했습니다. 국민들이 책을 잘 읽게 되어 너무 깨어있는 지성인이 되면 권력을 지고 있는 이들이 불안하기 때문에 독서 교육을 시키지 않는 게 아닐까. 그래서 입시 위주로만 학생들을 부추기고 기존에 쥐고 있던 교육 카르텔을 통한 이권을 빼앗기지 않기 위해서가 아닐까 하고 말이죠. 실제로 전두환 전 대통령 시절 '3S'라는 우민화 정책이 있었습니다. '스포츠(Sports), 스크린(Screen), 섹스(Sex)' 산업을 활성화 시켜 국민들이 나랏일에 관심 주지 않고 자극적인 것으로 눈을 돌리게 만드는 정책이었죠. 진짜 그렇다면 소름이 지만 사실 여부를 확인 할 순 없습니다. 어쨌든 참 아쉬운 부분이 아닐 수 없습니다. 부디 이 책을 만난 이들은 독서에 눈을 뜨고 자신의 그릇을 크게 만들어 갔으면 좋겠습니다.

생존 독서 vs 성장 독서

　어떤 종류의 책을 읽더라도 그 사람의 그릇과 가능성은 커집니다. 그게 비록 동화라고 할지라도 말이죠. 그러나 계획을 잘 세워 전략적으로 독서하면 보다 폭발적인 성과를 이룰 수도 있습니다. 이 책의 독서법 중 일부만 수행해도 누구든지 1년에 12권은 읽을 수 있습니다. 만일 이 책을 통해 독서하겠다고 결심했다면 앞으로는 한 달, 가능하면 세 달 정도 기간을 두고 기간 별로 한 분야만 집중적으로 독서해 보시길 바랍니다. 그리고 이 집중 독서가 진행되는 동안 여러분의 삶에, 생존에 반드시 필요한 분야의 책을 의무감을 가지고 읽으시길 바랍니다.

　예를 들어 일상 뿐 아니라 면접이나 영업에 필요한 '스피치'분야의 책을 본다고 한다면 적어도 한 달의 기간을 두고 다섯 권의 스피치 관련 책을 읽는 겁니다. 만일 세 달간 열 권 정도 읽는다면 어디 가서도 스피치에 관한 대화로 막히지 않을 겁니다.

특히 우리 삶에서 반드시 가장 먼저 쌓아야 할 기초 분야를 꼽자면 저는 '돈'이라고 생각합니다. 우리 삶에서 가장 중요하게 여기는 것이 '돈'인 이유는 우리가 자본주의 사회에 살고 있고, 자본주의 사회에서는 돈이 기준이 되기 때문입니다. 돈이 기준인 사회에서 이것에 대해 제대로 알아두지 않으면 무조건 낭패를 보게 됩니다. 이것은 마치 해외여행 가서도 한국어를 쓰고 원화로 결제하겠다는 것과 같습니다.

아쉽게도 우리 사회는 돈에 대해 이야기하는 걸 경시하고 천박하게 느끼는 경향이 있습니다. 그래서 자녀와 대화할 때 돈에 관한 이야기는 거의 하지 않습니다. 오히려 피합니다. 심지어 돈에 대해 가르쳐야 할 부모조차 돈에 대해 잘 모릅니다. 그들의 부모님도 학교 선생님도 잘 모르는 것은 그들 역시 공부하지 않았고 배우지 않았기 때문이지요. 그들에게 유일하게 확인된 성공은 공부해서 좋은 대학 가면 대기업에 취업하는 것입니다. 따라서 사업이나 투자에 관해서 공포심만 자극하고 아이들에게 그저 공부만 하라고 하는 겁니다. 사실 공부 잘하면 좋은 대학에 가는 데 성공하는 것일뿐 입니다. 진정 우리가 바라는 성공을 이루려면 입시 공부 그 이상의 노력이 필요합니다.

세상의 거의 모든 문제는 돈 때문에 발생합니다. 그리고 제가 아는 한 세상의 거의 모든 문제는 돈으로 해결됩니다. 돈으로 사랑을 얻을 순 없지만 돈 때문에 사랑을 잃을 수 있습니다. 돈으로 명예를 살 순 없지만, 명예를 잃는 분들의 원인은 대부분 돈 때문이죠. 돈으로 행복을 살 순 없지만 불행한 이들의 원인 또한 돈인 경우가 대부분입니다.

여러분이 돈의 속성을 알게 된다면 이 문제들을 똑바로 직시할 수 있습니다. 물론 돈의 속성을 안다고 해서 돈 문제를 쉽게 해결할 수 있다는 의미는 아닙니다. 이해한다고 해서 모든 문제를 해결할 수 있는 건 아니기 때문이죠. 그러나 반드시 돈, 경제력에 관한 집중적인 독서는 한 살이라도 어릴 때 반드시 선행 학습되어야 합니다. 그걸 알고 있는 사람과 모르는 사람은 하늘과 땅 차이입니다.

따라서 생존 독서 완성을 위한 동기 부여와 마인드셋 관련 도서를 3개월간 몰아 읽고, 그다음으로 재테크를 일반 투자와 부동산 투자로 구분하여 몰아 읽는 것을 추천합니다. 다음으로 마케팅, 세일즈, 스피치, 심리학을 효과적으로 분배해서 읽으세요. 이 사이에 에세이나 문학 소설 같은 성장에 필요한 독서는 다섯 권에 한 권 정도의 페이스가 좋습니다. 이렇게 현대 사회를 살아가는 필요한 돈, 인간, 마케팅 분야에 대해 책 10권 분량 정도씩 공부하고 나면 세상을 보는 시각이 완전히 달라질 겁니다.

따라서 생존 독서가 먼저입니다. 생존에 관한 지식으로 무장되어 삶에 여유가 생기면 취미, 성장의 독서는 시간에 구애받지 않고 할 수 있게 됩니다. 하지만 생존 독서 시간을 성장 독서에게 양보한다면 우리의 삶은 생각보다 고달파질 수 있습니다. 제가 이 사실을 늦게 깨달았습니다. 그래서 아주 고달프게 살았습니다. 명심하세요. 양자역학, 역사, 문학, 음악 같이 갑자기 청춘의 마음을 사로잡는 것들이 있습니다. 그러나 삶에 반드시 필요한 지식들에 관한 공부가 먼저입니다. 학교에서 알려주지 않는, 그래서 선생님들조차 고전을 면치 못하는 그 장르부터 반드시 10권씩 읽으시길 바랍니다.

완독의 의미

완독의 기준은 뭘까요? 단순히 책 한 권을 첫 장부터 끝까지 다 읽으면 완독일까요? 머리말이나 에필로그, 해설들은 작품 외적인 요소니까 이런 부분은 읽지 않아도 완독인가요? 책 한 권을 1년에 걸쳐 다 읽었다면 이것도 완독으로 칠 수 있을까요? 끝까지 다 읽었는데 머릿속에 남는 게 하나도 없지만 그래도 다 읽긴 했으니까 완독인가요? 하나도 남는 게 없다면 독서는 왜 했으며, 그런 식의 완독이 무슨 의미가 있을까요?

완독의 가장 큰 장점은 일상에서 누릴 수 있는 가장 효율 좋은 작은 성공이라는 사실입니다. 완독은 집중력 향상을 위한 읽기 연습과 작은 성공을 통한 성취감을 이끌어내는 작지만 확실한 목표입니다. 일상에서 작은 성공을 맛보고 싶다면 완독만큼 유익하고 인생에 도움 되는 것도 없을 겁니다. 특히 소설은 결말이 중요한 경우가 많기에 소설 완독은 보다 큰 성취감이 생깁니다. 어쨌든 가만히만 있으면 결말을 볼 수 있는 영화와의 차이가 바로 이런 점이죠. 그러나 이런 완독의 기쁨은 기승전결이 있는 문학 작품에 한정됩니다.

성취감 같은 행동 심리학적 요소를 제외하면 단지 책을 끝까지 읽었다는 의미의 완독은 진정한 독서라고 할 수 없습니다. 특히 비문학 분야에서는 더욱 그렇습니다. 성장을 위한 독서는 그 책의 저자가 알리고자 하는 바를 알아내는 것이 목표여야지 완독이 목표가 되어선 안 됩니다. 따라서 성장을 위한 독서는 처음부터 끝까지 차례대로 정독할 필요가 없습니다. 사실 이런 책은 내용의 90%가 기존의 책들과 겹칩니다. 그럼에도 그런 책이 세상에 나오는 이유는 책마다 가지고 있는 '킥'이 있기 때문입니다. 킥은 일종의 필살기, 정수라고 생각하면 좋습니다. 우리는 그 책이 가지고 있는 킥을 찾아내고 일상에 테스트해 보고 내게 맞다고 생각하면 습관화시키고 아니면 버리는 것을 반복해야 합니다. 비문학 독서의 목표는 그 책에서 발견한 킥을 내 삶에 적용하는 것 입니다. 이게 바로 제가 생각하는 진짜 완독의 의미입니다. 단순히 책을 덮는 것이 아니라 책에서 얻은 것을 테스트해 보고 내 것으로 만드는 것 말이죠. 따라서 행위로써의 완독에 큰 의미를 두지 않았으면 좋겠습니다. 따라서 여러분이 비문학,

특히 자기계발서를 1쪽부터 차근차근 공들여 읽는 것은 그렇게 효과적인 방법이 아님을 지금이라도 깨달았으면 좋겠습니다.

원론서는 이제 그만

원론서를 그만 읽으라는 말은 사실 과거의 저에게 해주고 싶은 말입니다. 독서력도 배경지식도 없는 지난날의 저는 주제도 모르고 고집만 있어 되지도 않은 원론서를 구매하곤 했습니다. 최근에도 칸트의 《순수 이성 비판》을 살까 말까 고민했고, 카를 막스의 《자본론》을 살까 말까 고민했었죠. 그런 제가 이제는 원론서는 선택하지 않게 되었습니다. 왜냐하면 원론서의 주장들은 이제는 많이 낡아, 반론 되고 개정되고 발전되어 지금 실정과는 맞지 않는 책들이기 때문입니다. 때로는 번역이 아닌 원어를 봐야 이해하기 쉬운 책들도 있을 정도죠.

사실 21세기를 살고 있는 우리가 18세기 칸트의 비판 시리즈 및 인식론을 원론 그대로 깊이 있게 파헤칠 필요가 없습니다. 이런 원론서 독서는 연구로써의 목적이 아닌 이상 지양해야할 독서법 입니다. 이런 책을 읽는 것은 생존 문제를 먼저 해결하고 난 이후에 해도 늦지 않으며 그나마도 가급적 안 하는 것을 권장합니다.

따라서 경제학 원론, 순수 이성 비판, 부동산학개론 같은 것은 내려 놓고 조금 더 실용적인 책을 통해 관련 용어와 친숙해지는 시간을 가지는 게 훨씬 좋습니다. 세상에 널리 알려지고 심지어 쉽기까지한 장르별 비문학이 많이 있습니다. 재테크, 부동산, 주식, 퍼스널브랜딩, 마케팅 등 현재 디지털 사회를 살아가며 4차 산업 사회를 준비하는데 필요한 분야에 조금이라도 더 투자해야 합니다.

이런 소중한 시간에 저처럼 《브람스를 좋아하세요…》 같은 책을 보며 저자 인생의 발자취를 따라가보고 그녀의 사상을 연구하며 인생을 낭비하면 안 됩니다. 이 책은 너무 좋은 책이지만 적어도 우리가 지금 당장 필요한 비문학 실용 도서를 분야별로 적어도 10권씩은 읽고 그 배경지식을 우리의 뇌 속에 심어 둔 이후에 읽어도 늦지 않습니다.

이 책에서 요구하는 독서법을 익히면 자기 계발 분야의 실용 도서를 훑듯이 읽는 데는 보통 2시간도 걸리지 않습니다. 2시간을 투자했는데 더 깊이 볼 가치가 있다면 이보다 더 시간이 걸리겠지만 그렇다 할지라도 분야별 실용서 10권씩 읽는 데는 2년이 채 걸리지 않을 겁니다. 독서 챌린지를 한다면 1년 안에도 가능합니다. 그 1년을 보내고 나면 유독 신경 쓰이는 분야, 유독 재미있는 분야도 발견하게 될 가능성이 있습니다. 바로 그 분야가 여러분이 진짜 시간과 노력을 투자해야 할 분야일 가능성이 큽니다. 최근 20대들은 그들의 20대를 경험으로 채우려는 경향이 있습니다. 하지만 그러면 늦습니다. 골든 타임이라고 하죠? 독서는 직접 경험은 아니지만 여러분의 소중한 시간을 경험에 소모하는 것을 최대한 줄일 수 있습니다. 저는 20대 초반에 실용서를 분야별로 10권씩 읽는 게 가장 좋다고 봅니다. 딱 1년만 독서에 미친다면 인생이 바뀔 수 있습니다. 만일 여러분이 10대라면? 세상에 그런 행운이 다 있다니요. 물론 10대 학생들에게는 먼저 읽어야 할 기본적인 책들이 있습니다. 시험을 위해 읽어야할 필독서가 있다는 사실을 무시하고 실용서부터 먼저 읽진 마세요. 천천히 부모님과 함께 읽고 토론해 보세요.

전자책 vs 종이책

    저는 전자책을 거의 사용하지 않습니다. 해외에 한 달 이상 나갈 일이 있다면 그땐 전자책을 구매할 수밖에 없지만 아직까지 그렇게 길게 여행을 간 적이 없고 앞으로도 없을 가능성이 크기 때문에 당분간 전자책을 구매할 일은 없을 것 같습니다.

    여행지에서까지 실용서를 읽어 본 적은 없습니다. 대체로 가벼운 책을 준비해 갔지요. 따라서 일주일 정도의 여행이라면 두 권 정도면 충분하며 이 경우 종이책을 들고 가면 됩니다.

    전자책은 대중교통을 이용하는 사람이 아니라면 필요 없다고 생각합니다. 혹은 원서를 끼고 사는 사람이거나 진짜 헤비 리더(Heavy reader)여서 전자책으로 무제한 독서를 하시는 분들에게는 필요할 겁니다. 적어도 이 글에서 책 좀 읽으라는 말에 양심에 찔리는 사람에겐 전자책은 필요 없습니다. 전자책 업계에겐 미안하지만 정말 간절하게 전자책이 필요한 분들이 아니라면 전자책은 사실상 필요 없습니다.

간혹 책이 부피를 너무 많이 차지하고 이사할 때 번거롭다고 주장하는 사람들도 있습니다. 다행히 여러분이 독서에 취미가 붙어 1년에 10권을 읽는다고 가정해 보죠. 그럼. 연간 독서비로 약 15만 원을 지출 될 것이고, 10년 이면 100권 정도의 도서를 보유하게 될 겁니다. 책 100권이면 나무로 된 사과 박스 2개 정도 분량입니다. 고작 그 정도의 책이 공간을 차지해 봐야 얼마나 하고 이사할 때 힘들어 봐야 얼마나 힘들까요. 만일 여러분이 연간 50권 이상 독서 하는 사람이라면 벌써 전자책이 있을 겁니다. 고민할 필요도 없습니다. 이미 훌륭한 독서가이며 책을 위해서 뭐라도 할 정도의 독서 애호가라면 전자책이 문제가 아니라 소중한 내 책을 멋지게 보관해 줄 나만의 공간을 어떻게 만들지 고민하고 있을 겁니다.

사람은 시각의 노예입니다. 여러분이 넷플릭스를 시청중이더라도 슬쩍 눈을 돌리다 책이라도 보게 되면 우리의 양심은 "책 읽어야 하는데."라는 최소한의 책무감을 느낄 수 있습니다. 진짜 신기한 건 눈앞에 책이 있는데 독서에 대해 아무런 생각도 들지 않는 사람은 드물다는 사실입니다. 또한 사람은 감각의 노예이기도 합니다. 우리의 손은 책의 두께, 특정 단어의 위치를 통해 기억을 꺼내기도 합니다. "아 분명 그 책 중반쯤 어디에 이런 내용이 있었는데."라며 독서 당시의 촉감, 혹은 책의 냄새를 통해 기억을 꺼내기도 합니다. 0과 1로 기억을 저장하는 컴퓨터와 달리 인간은 다양한 경험의 총합으로 기억을 저장한다는 사실이 뇌과학을 통해 밝혀졌죠. 종이책의 이러한 물성이야 말로 전자책과 구분되는 가장 큰 장점입니다.

우리는 태어날 때부터 언어와 문자에 노출됩니다. 그리고 성인이 될 때까지 문자와 언어에 노출되죠. 즉 인간은 읽어야 할 것이 있으면 웬만하면 지나치지 않고 읽게 됩니다. 스마트폰 없이 화장실에 들어가면 샴푸통 뒤의 깨알 같은 성분 분석표라도 읽는 게 인간의 습성입니다. 우리는 이 점을 노려야 합니다. 집에서 움직이는 동선마다 책을 두면 그 부담감을 이겨낼 재간이 있을까요. 물론 끄떡도 없는 사람들도 있고 부담에 못 이겨 책을 치워버릴 수도 있습니다. 만일 이렇게 노력했는데도 단 한 권의 책도 읽지 않았다면 저도 이쯤에선 두 손 두 발 들고 포기해야겠죠?

독서와 사색의 시간

 공부 독서, 과제 독서, 여행 독서, 휴식 독서, 감성 독서 등 독서의 방식은 참 다양합니다. 방식이 어찌 되었든 독서하려면 생각보다 큰 의지가 필요한 게 사실입니다. 운동, 식단 관리, 독서 등은 사람들이 좋은 건 알지만 안 하게 되는, 쉽게 포기하게 되는 대표적인 행위입니다. 심지어 제대로 하지 않으면 하지 않는 것만 못하기도 합니다. 기본기 없이 섣불리 운동하다 근육을 다치게 되고, 제대로 된 지식 없이 식단 조절하다가 요요 현상으로 오히려 몸이 더 망가지기도 합니다. 뭐든지 기본기를 다지고 근육을 키워야 하는데 독서도 예외는 없습니다.
 고대 그리스 철학자 플라톤의 고전을 아무렇지 않게 읽을 수 있는 사람이 몇 명이나 될까요? 그의 저서를 읽고 제대로 이해할 수 있는 일반인은 거의 없다고 봐도 무방합니다. 하지만 플라톤을 읽고 그의 사상과 철학에 대해 속 시원하게 정의 내리지 못해도 그의 책을 단 한 권이라도 읽고 나면 후배 사상가들의 주장이 플라톤에서 비롯되었음을 알게 될 수 있습니다. 혹은 그 당대의 생각과 의식, 생활, 역사가 한눈에 들어오는 경험을 하기도 합니다. 만일 책이 아니라 말이었다면 이렇게 오랫동안 후대로 전달될 수 있었을까요?

박웅현 작가의 《여덟 단어》라는 책을 읽고 앙리 루소를 알게 되었고 그의 그림을 폰 배경으로 저장했습니다. 방콕 여행길에 선택한 조셉 콘래드의 《암흑의 핵심》 표지가 앙리 루소의 작품인 것을 알았을 땐 묘한 쾌감과 동시에 소름이 돋았던 적이 있습니다. 내가 읽었던 책에서 얻은 정보가 무의식에 남아 일상 가운데 갑자기 떠오를 때 느껴지는 전율을 몇 번 경험하고 나면 이런 지식의 충족이 주는 쾌감에서 쉽게 빠져나오기도 힘들죠. 《허클베리핀의 모험》의 저자인 마크 트웨인의 절친 니콜라 테슬라의 일대기를 다룬 〈커렌트워〉라는 영화가 한국으로 돌아오는 비행기 영화 목록에 있는 것도, 이를 발견하게 된 것도 우연이 아니라 필연처럼 느껴졌습니다.

딱히 누군가에게 내 지식을 자랑하지 않아도 스스로 느껴지는 일상에서의 충만감이 있습니다. 독서 덕분에 말이죠.

우연히 연속적으로 마주한 사건이 주는 신비로움과 놀라움이 있습니다. 이 모든 우연의 일치가 경이롭기까지 합니다. 내가 인지하고 자각함으로써 얻을 수 있다는 것에 감사하죠. 모르면 일단 많이 읽는 게 좋습니다. 읽은 것들이 어느 순간 '팍'하고 펼쳐지는 순간이 옵니다.

그러나 아무런 지식도, 앎도 없는 상태에서는 사색이 이루어지기 힘듭니다. 사람에겐 소화할 수 있는 능력이 있습니다. 소화를 잘 하는 사람이 건강한 사람이죠. 나이가 들면 장 기능이 약해지고 소화력이 떨어집니다. 10대 때는 점심 식사로 라면 다섯 봉지를 삶아 먹어도 저녁이면 허기를 느낍니다. 40대인 지금은 1개만 먹어도 속이 더부룩하고 소화가 잘 안 됩니다.

사색은 생각의 소화력입니다. 사색과 소화력의 차이라면 사색은 하면 할수록 더 잘하게 되고 더 깊이 있어 지게 된다는 점입니다. 단순히 나이를 많이 먹는다고 진짜 어른이 되는 건 아닙니다. 삶에서 오는 경험들이 축적되고 그래서 어린아이와는 다른 기다림과 차분함을 아는 것이 어른이죠. 그리고 그런 태도는 삶을 사색하는 과정에서 나옵니다. 따라서 사색을 통해 깊은 사유를 할 수 있는 사람이 진짜 어른이라고 할 수 있습니다. 일명 꼰대라고 부르는 이들과 알 수 없는 존경심이 생기는 어르신을 구분할 수 있는 것도 사색의 차이 아닐까요. 사색은 한 사람을 어른이 되게 만드는, 아니 성숙하게 만드는 힘이 있습니다. 한 가지 아쉬운 점은 사색이 단순히 독서량이 많다고 그 능력이 좋아지는 것은 아니라는 사실입니다. 독서 후 사색이라는 독립된 지적 소화가 이루어져야 진정으로 성장할 수 있습니다. 사색이라는 소화 과정이 주는 고양감은 맛있는 음식을 먹었을 때의 기쁨과는 비교할 수 없을 정도로 벅찹니다. 이 벅찬 감정은 겪어 본 사람만 알 수 있습니다.

독서 이후의 사색과 이를 바탕으로 한 실행 없이 단지 독서만으로 무엇을 얻을 수 있을까요. 단순히 독서만 강조하는 무책임한 말에 넘어가는 것도, 사이비 같은 '거짓 성공 포르노'에 매력을 느끼는 것도 바로 이런 사색력이 부족해서라면요? 저는 그렇다고 100% 확신합니다. 수많은 사기꾼들을 보세요. 그들은 호구들이 깊이 생각하지 못하게 옆에서 재촉합니다. 온전히, 충분히 생각할 시간이 주어진다면 누구나 쉽게 사기를 당하진 않을 것이기 때문이죠. 생각을 많이, 깊이 있게 하면 휘둘리지 않게 됩니다. 독서와 사색의 시간이 필요한 이유죠. 하지만 인풋이 있어야 아웃풋이 있듯 독서가 결여된 단순 사색에는 한계가 있다는 점을 유의해야 합니다.

책이란 무엇인가

　우리는 책을 어떻게 대해야 할까요? 가르침을 주는 훌륭한 스승? 믿음직하며, 새로운 사실을 알려주는 선구자? 그보다 모든 책은 믿을 수 있을까요? 한 가지 확실한 사실은 책은 단지 개인의 주장, 의견, 기록, 생각, 상상을 문서화 시켜둔 것일 뿐이라는 겁니다. 독서해야 하는 이유는 우리가 독서를 통해 한 분야 혹은 특정한 주제에 대해 적어도 책 한 권 분량만큼의 심도 있는 강의 혹은 이야기를 들을 수 있기 때문입니다. 예를 들어 이 책을 여기까지 읽었다면 적어도 제가 생각하고 연구한 독서에 대한 여러 가지를 정보를 읽을 수 있습니다. 책은 딱 그 정도의 정보를 제공합니다.

　철학가 장 폴 사르트르의 주장대로 인간이 아무리 객관적이러 노력해도 결국은 자신이라는 존재에서 벗어날 수 없어 절대적 객관화는 불가능할지도 모릅니다. 그렇기에 자신의 주관성을 인정해야 합니다. 그런 다음 스스로의 생각을 최대한 정확하게 표현할 수 있도록 예리하고 날카롭게 다듬어가야 합니다. 그리고 그 표현들을 합치는 노력을 통해 매끄러운 집단 지성을 만들어가야 합니다. 이를 위해선 책을 통해 타인의 생각들을 충분히 관찰하고 그것을 내 생각과 결합하는 과정을 거칠 필요가 있습니다. 다양한 인격의 경험은 책을 통해 업데이트를 거듭하며 지금의 '나'라는 존재를 보다 선명하게 파악하고 정의해 나가야 합니다. 진정한 나를 찾는 방법에 정답은 없습니다. 그러나 독서를 통해 타인의 인격을 경험하는 과정에서 다양한 취향을 접하고 내가 좋아하는 것과 좋아하지 않는 것을 분리해 나가는 것은 큰 도움이 됩니다. 이런 작업은 꼭 책이 아니어도 괜찮습니다. 어쩌면 유튜브 영상을 통해서 더 효과적으로 알아갈 수도 있습니다. 하지만 그것에 독서가 더해진다면 훨씬 깊어질 겁니다.

뇌과학자가 피아노 연주에 관한 책을 보는 것, 반대로 피아노 연주자가 뇌과학 책을 보면 서로의 생각이 비슷해 질까요? 이는 완전히 다른 결과를 낳을 수도 있고, 비슷한 생각, 비슷한 결론에 도달할 수도 있습니다. 생각의 기준이 되는 지식은 달라도 같은 환경에서 같은 배경지식, 소위 심상과 스키마가 차곡 차곡 쌓이면 없는 공감대도 만들 수 있기 때문이죠. 특히 책이란 한 사람의 살아온 인생만큼의 정보, 심상, 스키마가 담겨 있습니다. 그리고 독자는 그 정보를 자신이 가지고 있는 정보, 심상, 스키마와 합치고 해체하는 등 사고확장을 합니다. 수학은 숫자로 이루어져 있는 논리학이기 때문에 수학을 다룰 줄 아는 사람이라면 모두가 같은 결론에 이르게 됩니다. 결코 예외가 없습니다. 그러나 문자는 다릅니다. 100명이 하나의 글을 읽더라도 100개의 다른 결과가 나올 수 있습니다. 그것이 인문학의 독특한 특징이죠. 이런 사실을 알고 있는 것만으로도 우리 삶에서 많은 오류나 오해를 피할 수 있습니다. 독서가 일상에 도움이 되는 이유이기도 합니다. 존재하지만 확인할 수 없고, 같아 보이지만 모두가 달라 확정지을 수 없는 모습이 꼭 미시 세계의 양자 역학의 특징과 닮아 있네요. 사람도 결국 원자로 이루어져 있기 때문일까요?

책은 '한 사람'의 총합입니다. 한 권의 책을 읽고 나면 우리는 저자 한 사람에 대해서 조금 더 알게 됩니다. 물론 아무리 깊이 파헤쳐도 그 사람에 대해 100% 알 순 없습니다. 왜냐하면 우리 자신 스스로를 100% 알지 못하기 때문이죠. 그저 세상에 이런 한 사람이 있었다는 걸 알게 되는 정도입니다. 그러나 다음에 만나게 될 한 사람이 이전에 내가 읽었던 그 사람과 유사한 점이 있다는 걸 알게 되면 알 수 없는 즐거움과

안도감이 생깁니다. 한번 겪어봤기 때문이죠. 실제로 경험한 건 아니지만 이미 겪어본 것처럼 안심이 됩니다. 심상과 스키마가 수월하게 공유되고 이해되기 때문입니다. 결국 책을 많이 읽으면 그만큼 많은 사람과 만나는 것과 같습니다. 그래서 책은 친구와 같습니다.

여기서 한 가지 주의할 점이 있습니다. 책을 읽을 때도 사람 대하듯 상대방 중심으로 대해야 합니다. 모든 친구들이 나를 중심으로 돌아간다면 그건 친구가 아니라 풍경에 불과합니다. 그런 사람에게 진정한 친구가 있기 힘들 듯이 책도 그렇습니다. 따라서 책을 대할 땐 이 사람이 내게 좋은 친구가 되어줄지 조심스럽게 다가가되 나보다 책에게 더 관심을 기울여보세요. 한 책을 비판적인 태도로 읽지 마시길 바랍니다. 부드러운 눈빛을 한번 보내보세요. 그러면 그 사람, 아니 그 책도 당신에게 부드럽게 지식을 알려 줄 겁니다.

사고 확장 도서

처음 이 '사고 확장'이란 단어를 처음 들었을 땐 망치로 뒤통수를 얻어맞는 기분이었습니다. 얼마나 기품 있는 말인지. 사고 확장이란 생각의 지평을 넓혀 생각을 유연하게 하는 것을 말합니다. 타인의 견해도 무리 없이 수용하고 내 생각을 틀 안에 가두지 않으려는 노력이라고 할 수 있죠. 이를 통해 보다 나은 의사 결정을 할 수 있으며, 틀에 박힌 사고에서 오는 경직을 방지할 수 있습니다. 사고 확장을 통해 삶에 탄력이 생기고 생각이 유연해집니다.

유연함의 끝이 뭘까요? 그것은 바로 물입니다. 중국의 도가 사상가 노자는 '상선약수'라는 문장을 빌어 물처럼 되는 것이 최고의 선이라고 말했습니다. 저는 선이란 누구에게도 피해주지 않음에도 가장 나다운 나가 되는, 가장 고요한 상태라고 정의합니다. 모르긴 몰라도 선이 인간의 삶에 있어 궁극으로 추구할 만한 가치 중 하나인 건 틀림없습니다. 선에 이르고 싶다면 유연해져야 합니다. 그러나 나이가 들수록 경직됩니다. 몸도 마음도 말이죠. 나이가 들어도 우리가 유연해지려면 사고를 끝없이 확장 시킬 필요가 있습니다. 그렇기 때문에 우리의 사고력을 확장 시켜 줄 책을 읽어야 합니다.

《명상록》, 《팩트풀니스》, 《사피엔스》, 《월든》, 《정의란 무엇인가》, 《사랑의 기술》 같은 어렵고 두꺼운 책들이 대표적인 사고 확장 도서입니다. 이름만 들어도 일단 어렵고 접근하기 힘듭니다. 본능이 거부하는 듯 합니다. 그럼에도 용기 내 이런 사고 확장 도서를 읽고 나면 이 책들을 읽기 전의 나와는 이별을 고하게 됩니다. 긍정적이든 혹은 그 반대이든 이런 독서는 변화를 초래합니다. 사색이 깊어지고 대화 주제가 다양해집니다. 일상의 대화가 따분해집니다. 대화의 주제가 넓어진다는 것, 그리고 그 대화에 주장을 제시하는 것과 주장을 말할 때 그 근거를 구체적으로 언급하는 자신을 바라보면 감동이 밀려옵니다. 아기가 처음으로 '아빠' 단어를 내뱉었을 때만큼의 깊은 감동을 나이가 들어서도 받으려면 이런 책들을 읽어야 합니다.
사고를 확장 시키는 도서들은 처음엔 무슨 말인지도 이해가 되지 않고, 뇌라는 우주 속을 무중력 상태로 둥둥 떠다니는 것 같습니다. 그럼에도 계속 읽고, 또 사유하다 보면 어느 샌가 작은 지식의 덩어리가 눈 뭉치처럼 뭉쳐져 하나의 구를 만들게 됩니다. 뇌과학은 우리의 지식이 선과 파편이 아니라 나선으로 되어 있다는 사실을 알려 주었습니다. 짧은 선은 나선이 될 수 없습니다. 우리는 사고 확장 도서를 통해 끊김 없는 지식의 선을 이어가야 하고, 그 선이 나선환의 형태로 만들어야 합니다. 작은 눈 뭉치가 언제 그랬냐는 듯 눈사람처럼 커지는 '스노우볼 효과'를 경험하게 됩니다. 거대한 눈사람을 만들기 위해선 우선 작은 눈 뭉치를 만들어야 합니다. 우리의 눈 뭉치가 바로 사고 확장 도서 들입니다.

교양은 쌓으면 쌓을수록 점점 더 그 벽이 높아집니다. 그러나 그것을 엄격하게 수행했을 때 인간은 쾌감을 느낍니다. 오직 인간만이 느끼는 쾌감이죠. 동물과 사람이 다른 이유가 이 때문이고 따라서 인간이라면 당연히 추구해야 할 고상한 즐거움입니다. 인간은 패시브 능력과 액티브 능력을 적절히 이용해서 살아갑니다. 그리고 독서는 기본 소양, 즉 패시브 능력을 키우는데 탁월합니다. 사고 확장 도서는 한 단계 더 성숙한 패시브 능력을 만들 수 있게 도와줍니다.

그런데 솔직히 여러분을 독서에 세계로 초대하는 게 선뜻 조심스럽습니다. 한번 사고가 확장되고 나면 이전으로 돌아가기 어렵기 때문입니다. 이후로는 보다 고급스럽고 지적이며, 우아한 것을 찾게 될 텐데 그런 것들을 향유하고 공유할 사람도 장소도 점점 더 줄어들고 있기 때문입니다.

처음 고급 와인을 마시면 두 가지 반응이 나옵니다. '뭐하러 이렇게 쓰고 시기만 한 술을 비싼 돈 주고 마시냐.'는 반응과 '세상에 이렇게 좋은 걸 왜 이제야 알려 줬냐.'는 반응입니다. 여러분은 어떤 태도가 마음에 드시나요? 입맛이 저렴해서 비싼 걸 줘도 모르니 참 안타까운 사람이라는 생각 들지 않나요? 형편이 좋지 못한데 비싼 와인 맛만 알게 되어 괜히 눈만 높아진 게 아닐까 하고 걱정 섞인 푸념을 하고 있나요? 혹은 이런 좋은 와인을 마시기 위해 앞으로 더 열심히 살아야겠다는 다짐이 들진 않나요? 사실 이런 고급스러운 경험은 아무나 즐길 수 있는 것이 아닙니다. 아무나 좋아하지도 않죠. 그러나 한번 좋은 걸 접하고 나면 이전으로 돌아가긴 힘듭니다. 비가역성이란 말은 이전으로 돌아갈 수 없다는 말입니다. 사람만큼 비가역적인 존재도 없습니다. 이런 비가역적인 인간이 누릴 수 있는 최고의 정신적 기쁨이 바로 지적 충만감입니다. 그리고 이런 지적 충만감은 부자든 그렇지 않든 책 한 권이면 상관없이 누릴 수 있습니다. 여러분은 어느 편의 사람이 되고 싶나요?

사고가 확장된다는 건 또 이런 것을 말합니다. 좋은 와인은 몰라도 헤밍웨이가 즐겨 마셨다는 '다이키리'나 '모히토' 같은 칵테일을 일부러 찾아가 맛 보는 것. 그의 책을 읽으며 그의 심상을 더듬어 보는 것에 즐거움을 느끼는 겁니다. 이런 노력은 즉각적이고 1차원적인 단순한 쾌락을 넘어 진짜 쾌락으로 찾아옵니다. 책이 따분한 이유는 그 정도의 쾌락을 느낄 만큼 우리 스스로가 지적이지 못해서입니다. 심지어 지적인 사람들도 1차원적인 쾌감의 유혹을 쉽게 떨쳐내지 못합니다. 마시멜로 실험이 거짓이라는게 밝혀지긴 했지만 그럼에도 당장의 1차원적인 유혹을 견뎌내면 더 큰 만족을 얻을 수 있다는 사실엔 이견의 여지가 없습니다. 이것이 우리가 쇼츠 대신에 사고 확장 도서를 읽어야 하는 이유입니다. 쇼츠? 유튜브? 그게 바로 현대인의 마시멜로입니다.

저는 비문학 독서를 **목적이 있는 독서 vs 사고 확장 독서** 이렇게 두 가지로 나눕니다. 일반적으로는 힐링 독서와 공부 독서로 나누기도 하지만 저는 공부 독서를 다시 한번 목적이 있는 독서와 사고 확장 독서로 좀 더 세분화해서 구분하는 게 여러분이 독서 생활하시는 데 더욱 도움이 되리라고 확신합니다.

사피엔스, 정의란 무엇인가
부자 아빠 가난한 아빠, 부의 추월차선, 역행자
데미안, 이방인
세계사편력, 서양미술사, 방구석 미술관

이 책들을 어떻게 나눌 수 있을까요? 그러나 그전에 이걸 나누는 게 여러분에게 의미가 있을지 먼저 물어보고 싶네요. 한 달에 한 권 겨우 읽는 분들에겐 사실 이 분류가 도움이 되지 않습니다. 이제 막 근력 운동을 시작한 초보자들에겐 이 분할이니 삼 분할이니 고급 분할 운동법은 사실 아무 의미가 없습니다. 초반에는 한 번이라도 더 나가서 매일 운동하는 게 훨씬 효과적이죠. 그러고 나서 어느 정도 헬스클럽 입장에 대한 관성이 생기면 그때 가서 PT를 받고 이 분할, 삼 분할 같은 고급 프로그램을 시작해야 효과적입니다. 독서도 그렇습니다. 제가 이 책을 쓰는 이유가 바로 여러분들이 더 늦기 전에 아주 기본적인 독서 능력을 갖추고, 초보적인 개념을 깨치길 바라기 때문입니다. 고가의 1대1 PT 수업은 망설여 지지만 헬스클럽 3개월 등록 정도는 충분히 할 수 있잖아요? 저와 함께하는 이 시간이 딱 그 정도입니다. 그 정도 노력만이라도 독서에 할애했으면 좋겠습니다. 동네 어디에서든 볼 수 있는 공원 운동 기구 타듯 말이죠.

책을 항상 곁에 두기

책은 스마트폰처럼 자유롭게 들고 다니기 힘들기 때문에 저는 저의 모든 동선에 책을 하나씩 배치합니다. 화장실에는 《총 균 쇠》, 침대 머리맡 협탁에는 《엔드 오브 타임》, 식탁 위에는 가벼운 에세이, 소파 옆에는 《원씽》…. 뭐든 좋습니다. 올해 읽을 12권의 책을 미리 주문해서 그냥 집 곳곳에 인테리어 하듯 배치해 보세요.

Q. 한 번에 12권 사는 건 좀 아깝지 않나요?

지금 여러분이 이런 질문을 하며 낭비한 시간이 더 아깝습니다. 우리 삶에서 가장 비싼 건 다름 아닌 나의 시간입니다. 본인이 학생이기 때문에 한 번에 15만 원 정도의 지출이 부담스럽다면 "알라딘은 무너졌냐?"라고 말해주고 싶네요. 알라딘 중고 서점에 가서 중고로 책을 구매하면 새 책의 절반 가격에 구할 수 있습니다. 일단 구색을 갖춰야 합니다. 독서 취미를 붙이려면 다양한 책을 곁에 두는 게 좋습니다. 제목이 예쁘거나 표지가 예쁘거나 혹은 왠지 읽어야 할 것 같은 유명한 책들 말이죠. 물론 이런 책들은 중고도 꽤 비쌉니다. 그래도 알라딘 중고 서점을 통해 구색을 좀 갖추면 뭔가 그럴싸한 독서가가 된 기분이 듭니다. 쌓여있는 책은 마치 훈장 같다고나 할까요. 지금 하는 말이 마치 독서 괴담 같지만, 누군가는 단 한 권의 책으로 인생이 바뀌기도 합니다. 제 머릿속을 평생 떠나지 않던 책 한 권도 어릴 적 우리 집 한 평짜리 책장에 꽂혀있던 책이니 말이죠.

세계 문학 독서가 힘든 이유

한국인은 성미가 급한 걸로 세계적으로 유명합니다. 유독 한국인은 상대방의 말허리를 쉽게 자릅니다. 이런 민족적 특징과는 다르게 우리 말은 끝까지 듣지 않으면 정확한 정보를 얻을 수 없는 구조로 되어 있습니다. 한국의 문장 구조는 사기 치기에 아주 좋은 조건을 갖춘 배신의 언어이기도 합니다. 좋은 말처럼 시작해도 말끝에 단어 하나 비틀어 부정문으로 만들기에 탁월하죠. 심지어 긍정어와 긍정어를 조합해도 부정어로 만들 수 있는 유일한 언어이기도 합니다.

"잘도 그러겠다."

위 문장처럼 말이죠. 이 말은 하버드 언어 강의에서 등장

한 유명한 말입니다. 부정과 부정이 합쳐 긍정이 되는 경우는 있어도 긍정과 긍정이 합쳐 부정이 되는 경우가 없다는 언어학자의 말을 바로 되받아친 문장이죠. 이렇듯 한국말은 끝까지 들어봐야 한다는 말이 있는 이유고, 유독 사기 사건이 많은 나라인 이유이기도 합니다. 영어 문법은 돌려 말하지 않는 특성을 가지고 있습니다. 두괄식 문장으로 동사부터 나옵니다. 부정문인지 긍정문인지는 문장 처음에 not이나 no가 있는지만 봐도 바로 알 수 있죠. 그래서 영어는 빈약한 목적어를 꾸미기 위해 핵심 문장 다음에 많은 수식을 많이 합니다.

회화 분야에서도 비슷한 점을 발견할 수 있습니다. 동양은 수묵화가 주를 이루는 반면 서양은 동양보다 앞서 채색이 발전했습니다. 회화의 발전에 관해서는 역사 공부가 필요하지만 하나 확실한 건 채색을 위한 염료는 동양에서 더 비싸고 구하기 힘들다는 점입니다. 서양의 회화가 어떻게 하면 더 채울까를 고민하며 발전했다면, 동양의 회화는 여백의 미를 강조하게 되었습니다.

이런 문학적 경향의 차이 때문일까요. 서양 문학은 그들의 회화 작품과 같이 묘사로 가득 차 있습니다. 묘사를 더욱 사실적으로 할수록 필력을 인정받습니다. 그러나 제 경험상 다수의 한국 사람들은 서양 고전 특유의 묘사 부분을 읽기 힘들어합니다. 빨리 본론으로 넘어가고 싶은 성격 탓이겠죠?

소설가 토마스 만의 작품을 보면 묘사의 위대함을 알 수 있지만 반대로 그만큼 읽기 힘들다는 것도 알 수 있습니다.

한국인은 내용을 중시하며 개연성을 많이 따지는 반면, 서양 문학은 표현주의 색채가 강하기 때문에 훨씬 수려한 문장을 구사해서 눈이 따라가기도 힘들며 내용이 한 번에 들어오지 않습니다. 즉 서양 고전 문학은 본론에 도달하기까지의 예술적 장치가 한국인에겐 기다릴 수 없을 만큼 지루하게 느껴질 수 있습니다. 그래서 요점이 뭐냐고 속으로 재촉합니다.

그러나 문학에서 두괄식을 요구하는 것은 지나친 처사입니다. 사람 마음은 요점 정리로 설명할 수 없습니다. 문학이 고구마를 먹은 것처럼 답답하게 느껴진다면 저자의 의도 일 수도 있지만 그럴 수밖에 없기도 합니다. 한 사람을 온전히 표현하기에는 언어의 한계가 존재하기 때문입니다. 역사적으로, 결과적으로 사이다 같은 청량한 결말이 있을진 몰라도 실제 인간사에서 그런 사이다 같은 상황은 거의 없습니다. 사이다를 원하는 우리에게 세상은 찝찝함 그 자체입니다. 이세계물, 웹툰처럼 시원한 스토리 전개는 특히 고전 문학에선 찾아보기 힘듭니다. 세상엔 그런 게 없기 때문이고 위대한 작가들은 없는 것을 말하지 않기 때문입니다. 그러나 현대인들은 보다 자극적이고 청량한 것만 찾고, 빠른 도파민 분비를 원합니다. 그래서 세계 고전 문학을 읽는 게 점점 더 어려워집니다.

그럼에도 세계 고전 문학을 읽어야 하는 이유가 있습니다. 바로 여러분이 세계 문학을 읽지 못하게 짧은 도파민을 마구 마구 분비하는 콘텐츠들을 생산하는 자들이 세계 고전 문학을 읽기 때문입니다. 세계를 이끌어가는 이들 중에 독서를 강조하지 않는 사람은 없습니다. 그들이 과연 '부자 되는 법' 같은 책을 읽을까요? 그들은 문학과 과학을 통해 상상력을 키우고 사고력과 논리력을 배웁니다. 그리고 그 확장된 지성을 바탕으로 최고의 소비력을 뽑아냅니다. 자극적일수록 소비에서는 성공적입니다. 그리고 그 성공의 원천 중 하나가 아이러니하게도 독서입니다. 지금은 최첨단 도구와 뇌과학을 통해 인간의 심리적인 부분과 호르몬 같은 신경 전달 물질에 대한 관계가 과학적으로도 하나둘 입증되고 있습니다. 그러나 이런 최첨단 과학이 있기도 전에 선조들은 관찰과 상상력을 통해 이런 인간의 특징과 관계를 알아냈고 그 사실을 글로 기술했습니다.

최근 저는 우리도 모르는 사이 우리에게 서서히 몰락이 스며들고 있다는 생각을 지울 수 없습니다. '나 정도면 평범하지.'라고 자위하는 사이에도 우리는 점점 더 평균 이하가 되어 가고 있을지도 모릅니다. 최근엔 학생들의 문해력, 어휘력이 윗 세대들에 비해 많이 떨어진다고 뉴스 등 언론에서 다루고 SNS에서도 많이 접했습니다만, 글쎄요. 제가 보기엔 어른이라고 불리는 그들 또한 크게 다르지 않은 것 같습니다. 우리의 급한 성미가 우리의 세계 고전 문학 독서를 방해합니다. 물론 부족한 독서력이 한몫하죠. 하지만 제가 알려 드렸지요? 10분 독서를 활용해 하루에 10분 만이라도 명상하듯이 세계 고전 문학을 읽어보세요. 여러분의 어휘가 몰라보게 고급스러워지는 경험을 하게 될 겁니다. 고작 이 정도의 노력의 결핍이 반지성 사회를 만들고 있습니다. 우리가 책으로부터 잠든 사이에 말이죠.

고전의 이유

　당시의 유행 및 추세, 사회상, 미묘한 감정선, 그 시대의 의식, 교양, 취향들. 고전은 당대 최고의 천재들에 의해 정리된 우리 인간 이야기의 정수입니다. 그들은 자신의 상상력 혹은 주장, 연구 그리고 집요한 관찰을 통해 후대에 전달될 수 있게 글로 남겼습니다. 글로 정리해서 남긴다는 행동은 사실 정말 힘든 일입니다. 단 한 장이라도 필사를 해보셨다면 연필로 글쓰기가 얼마나 힘든 일인지 아실 겁니다.

　상대방의 마음을 읽을 수 있다면 얼마나 좋을까하는 상상은 사람이라면 누구나 한 번쯤은 합니다. 바로 눈앞의 사람의 생각을 읽을 순 없습니다. 그러나 적어도 당대 최고의 천재들이 관찰하고 연구하고 분석한 인간에 대한 생각을 '고전문학'을 통해 읽을 수 있습니다. 불과 100년 전 사람들과 비교해 지금 우리의 생각과 사상은 물론 심지어 어휘까지 다릅니다. 만일 여러분이 해방 이전 대한제국 시기의 사람들과 대화하면 몇 마디 알아듣기도 힘들 겁니다. 지금 우리의 생각과 사상은 최초의 책에서부터 시작해 지금도 출판되는 책까지 수천 년에 걸쳐 다듬고 발전해 전승되어왔습니다. 따라서 고전을 읽으면 지금 내가 가진 지식의 원천을 알게 됩니다. 소위 '근본 있는 사람'이 될 가능성이 올라갑니다.

고전을 읽는 이유는 삶의 이유는 무엇인지, 인간은 어디에서 왔으며, 무엇을 위해 존재하는지 등의 물음에 대한 답을 찾아가는 과정이라고도 할 수 있습니다. 해답을 찾기는 어렵지만 그 과정 자체가 우리 삶에 새로운 의미를 만들어 준다는 사실을 깨닫게 됩니다. 그리고 단지 그것만으로도 삶이 충만해집니다. 어쩌면 해답을 찾아가는 과정 자체가 인생이자 답이라는 결론을 얻게 될지도 모르죠.

인간을 알아가고 싶다면 처세술도 좋지만 저는 고전문학을 더 추천합니다. 로맨스 장르의 초석이 된 《오만과 편견》을 읽어 보세요. 우리가 보는 모든 드라마가 이 책을 모티브로 삼았다는 걸 알게 됩니다. 《명상록》을 읽어보세요. 현대의 모든 처세술에서 하는 주장이 2,000년 전 로마의 황제가 이미 다 했던 말이란 걸 알게 됩니다. 그게 바로 고전문학입니다.

조각 기억과 산책

우리는 조각 기억으로 평생을 추억합니다. 젊은 날 짧기만 했던 작은 여행의 조각들로 우리는 어쩌면 평생의 기억 거리를 만들고 있는지도 모릅니다. 그보다 월등히 긴 일상과 잠들었던 시간들은 제쳐두고 말이죠. 조각 케이크가 더 달콤한 것도 그 나머지 부분에 대한 기대감에 있듯, 우리의 조각 기억들도 나머지 일상보다 훨씬 달콤합니다.

시간이 있을 때 깊이 사유하는 시간이 필요합니다. 현대인들은 직관력을 키우는 데 보다 많은 시간을 소모하지만, 조각 기억에 살을 붙이는 시간적 여유는 반드시 필요합니다. 이런 깊이를 만드는 데는 산책만 한 게 없습니다. 그래서 독서와 산책은 마치 형제와도 같습니다. 책을 읽고 나면 많은 기억들이 조각으로 남아 있습니다. 일부러 시간 내서 산책할 때 조각 기억들을 이어 붙여 나의 심상을 더욱 거대하게 만들어보는 것은 어떨까요?

그러나 주변을 둘러보세요. 우리는 산책 하는 동안에도 스마트폰을 놓지 않습니다. 음악을 듣거나 강의를 듣기도 합니다. 그런 건 산책이 아닙니다. 온전한 산책을 하고 싶다면 스마트폰과 이어폰을 제거하세요. 아마 심심해 죽겠다는 생각이 들지 모르겠습니다. 그러나 심심해서 죽는 사람은 없습니다. 심심해 죽으려는 그때 비로소 사유의 시간이 시작됩니다. 아주 작은 조각 기억 하나를 물고 늘어져 우주를 만들어 냅니다. 만약 보다 많은 조각 기억들을 지니고 있다면 산책 시간이 짧은 것이 아쉬울지도 모릅니다. 바쁘다고요? 과연 그럴까요?

단지 읽는다는 행위로서의 즐거움

목표 의식을 가지고 책을 골라보기도 하고, 중요한 부분은 암기도 하고, 짧은 소감을 직접 적어보기도 하고, 이를 바탕으로 좋은 질문으로 다듬어 질문을 할 필요가 있습니다. 모임에 나가 토론도 하고, 독서법을 공유하고 배우기도 하며 책 동료를 만들면 삶이 풍요로워집니다. 어떤 책은 앉은 자리에서 완독하기도 하고, 수개월이 지났음에도 읽히지 않다가 어느 순간 갑자기 읽히기도 합니다. 이 모든 것들이 다 독서의 일환입니다.

독서는 그저 시작일 뿐입니다. 책 한 권 완독했다고 내 삶이 특별해지거나 큰 변화가 생기는 것도 아닙니다. 책은 저자의 상상력과 경험이 담긴 그릇일 뿐입니다. 독서란 단지 그런 것들을 알게 되는 것뿐입니다. 책을 나라는 그릇에 담으려면 밖으로 나가야 합니다. 가까운 독서 모임에 나가는 것만으로도 내가 얼마나 우물 안 개구리인지 알게 됩니다.

단지 읽는다는 행위로써의 즐거움에는 한계가 있습니다. 따라서 읽었다면 읽은 것을 내 것으로 만들어야 하고 그러기 위해 밖으로 나가야 합니다. 파견 혹은 경험이라고 해도 될 것 같습니다. 읽은 것을 밖으로 나가 적용해 보세요. 책에서 얻은 지식을 검증하세요. 삶의 진정한 즐거움과 성장을 이런 과정을 통해 경험할 수 있어요. 검증 과정 중 부족함이 느껴지면 새로운 것을 읽어서 보강하고 또 검증하면 됩니다.

사실 우리는 늘 이런 삶을 살고 있습니다. 날카로운 무기를 만든다는 목표로 강철을 두드려야 칼이 됩니다. 칼은 무엇이든 벨 수 있습니다. 여러분에게 뭔가 베겠다는 목표가 없으니까 그냥 이리 저리 망치로 툭툭 건드리기만 할 뿐입니다. 목표가 없으니 그저 두드릴 뿐이죠. 강철은 단련되지 않고 내 솜씨도 전혀 늘지 않습니다. 구체적인 목표를 두고 읽고, 나가서 검증합시다. 구체적인 목표가 없다고요? 그럼 구체적인 목표를 찾는 것을 목표로 삼고 책을 꾸준히 읽어 보세요.

취미로써의 독서

독서는 거의 모든 사람들에게 고통스러운 행위입니다. 독서의 장점에 대해 200쪽 넘게 이야기했지만 그게 현실입니다. 글은 기억을 저장하는 장치입니다. 그 기억을 되살리는 일은 많은 수고가 따르는 일이며 이것은 호모 사피엔스가 가진 본성과 맞지 않습니다. 독서가 고통이 아니라 즐거움으로 다가오는 특별한 몇몇 사피엔스와 그들의 지적 호기심이 인류를 지금의 디지털 세계, 4차 산업 혁명기로 이끌었습니다. 인류를 바꾼 이들 대부분 독서가이거나 작가라고 봐도 무방합니다. 우리는 그들에게 고마워해야 합니다. 책이 전혀 필요없다고 느끼게 만든 기술 발전이 사실은 누구보다 열심히 책을 읽은 사람들의 결과물이기 때문입니다.

독서로 힐링한다는 말은 독서에 관한 책을 읽을 필요도 없는 고수들의 영역입니다. 과거에는 독서가 취미였던 사람들이 참 많았습니다. 정말 취미였던 사람들도 있고, 고상하게 보이기 위해 독서를 취미로 정한 이들도 있었습니다. 사실 반강제적인 부분도 있었죠. 그러나 현대인에게 취미로써의 독서는 어떤 의미를 지닐까요? 저는 취미로써의 독서가 사치의 영역이라고 생각합니다. 따라서 취미로써의 독서는 경제적 자유 혹은 자립을 이루고 난 뒤에야 누릴 수 있는 영역이라고 생각합니다.

왜 살아야 하는지 묻지 않으면 잘 사는 방법을 알 턱이 없습니다. 우리는 사는 동안 그 질문을 던지고, 답을 찾아 나가야 합니다. 저마다의 답을 내리고 수정하는 삶을 살아야 합니다. 그런 질문을 던질 수 있는 계기는 말과 글에 있습니다. 운 좋게 좋은 멘토를 만났거나 친구와의 가벼운 술자리에서 좋은 질문과 해답을 만날 수도 있지만 쉽지 않은 일입니다. 그만큼 많은 사람들을 만나야 하는데, 그것에 투자하는 비용과 시간, 노력이 많이 필요합니다. 독서가 좋은 이유는 이 모든걸 쉽고, 싸게 체험할 수 있는 가성비 넘치는 수단이기 때문입니다.

여러분은 자신이 좋아하는 것과 반대로 싫어하는 것에 대해 얼마나 잘 알고 있나요? 정확하게 설명할 수 있나요? 여러분은 저를 모르고 저도 여러분을 모릅니다. 또한 여러분은 스스로를 잘 모르고 저 또한 마찬가지입니다. 스스로 잘 안다고 생각했는데 사실 그렇치 않습니다. 우리의 가장 큰 문제는 우리가 뭘 모르는지조차 모른다는 사실입니다. 모른다는 사실을 모르니 안다고 착각하는 거죠. 책은 우리가 뭘 모르는지 알려줍니다. 우리가 모른다는 것을 자각하면 그만큼의 가능성의 공간이 확장됩니다. 가능성이 커지고 사고가 유연해 집니다. 그것이 우리의 인생을 바꾸는 열쇠입니다. 노숙자를 1,000억 부자로 바꾸기도 하고 카페 아르바이트생을 물류업체 CEO로 만들 수도 있죠. 모텔 청소부를 호텔 체인 대표로 바꿀 수도 있습니다. 우리 모두 소크라테스가 될 수 있고, 황제의 통찰을 얻을 수 있습니다. 그게 바로 독서의 힘입니다.

| 에필로그 |

　이 책을 읽다 보면 중복되는 내용이 다소 있습니다. 귀찮아서 놔둔 게 아니라 잔소리처럼 계속 반복하고 싶었기 때문이란 점을 알아주시면 감사하겠습니다.

　독서법에 대해 쓰면 쓸수록 스스로 얼마나 주관적인지 다시 한번 깨닫게 되었습니다. 주장을 펼치는 게 얼마나 용기가 필요한 건지도 알게 되었습니다. 열받아서 잔뜩 작성한 댓글을 "에이 내가 이렇게 열받아서 써봐야 뭐해. 귀찮아지기만 하지." 생각하곤 등록도 하지 않고 뒤로 가기를 누르듯이 말이죠. 그러나 독서법에 대해서만큼은 꼭 한마디 하고 싶었습니다.

　지금도 독서법에 관한 새로운 아이디어가 떠오르고 또 잘

못 썼다고 생각되는 글이 있습니다. 그래도 독서에 대해 하고 싶은 말은 거의 다 한 것 같습니다. 이 책이 여러분들에게 그리 큰 감동을 주진 못하겠지만 적어도 이 책을 읽기 전과 비교해 독서에 대한 오해가 사라지고, 독서에 대한 생각이 보다 넓어지고, 무엇보다 독서력이 성장할 것으로 확신합니다. 충분히 검증된 방법이며 무엇보다 쉬운 방법이기 때문이죠. 지금 이 글을 읽고 있다면 꼭 2부로 넘어가서 10개의 독서 레슨 중 단 하나라도 반드시 시도해 보시길 바랍니다.

저 또한 여전히 독서가 힘듭니다. 그래서 독서를 꾸준히 하려고 노력하고 있습니다. 그리고 새로운 아이디어나 독서 기록은 제 유튜브 채널을 통해 꾸준히 업로드 할 예정입니다. 이 책을 넘어서 제 유튜브 채널을 통해 지속적으로 소통하면 좋겠습니다. 한 개인의 소박한 독서에 대한 이야기를 끝까지 봐주셔서 감사합니다. 여러분의 지적 성장을 응원합니다.

정우 글

헤르만 독서법

인쇄 2024년 9월 25일
발행 2024년 9월 30일

지은이 정우
발행인 서정환
펴낸곳 신아출판사
주소 서울특별시 종로구 삼일대로 32길 36. 운현신화타워 305호
전화 (02) 3675-3885 · 5635, (063) 275-4000
팩스 (063) 274-3131
이메일 sina321@hanmail.net
출판등록 제465-1984-000004호
인쇄 · 제본 신아문예사

ISBN 979-11-94198-44-4 (03810)

값 15,000원

Printed in KOREA